밤이 영원할 것처럼

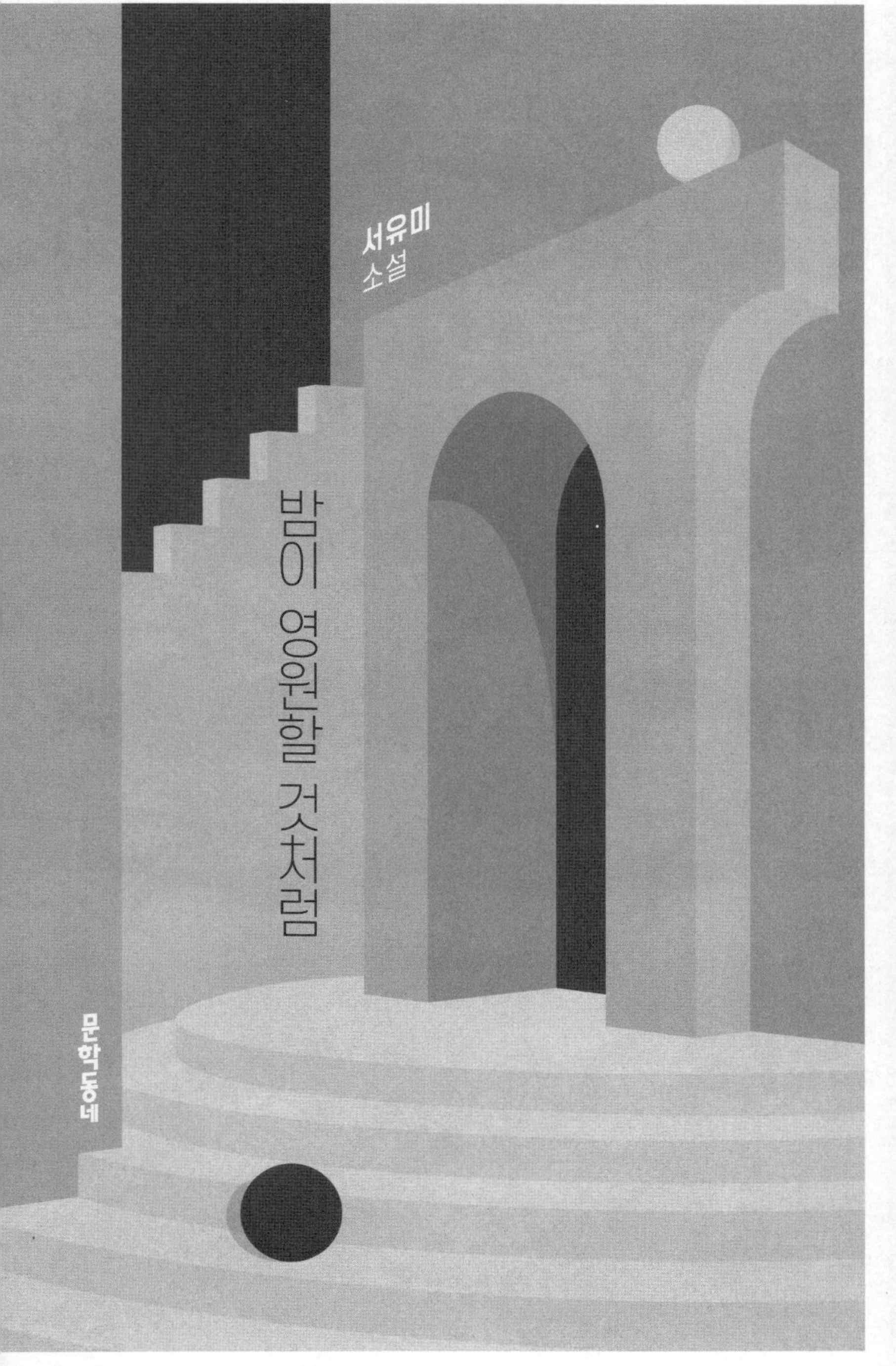
서유미
소설
밤이 영원할 것처럼
문학동네

차
례

토
요
일

아
침
의

로
건

젤다와의 수업이 끝났다. 두 시간은 컵 안의 음료처럼 사라졌다. 그는 네 개의 컵을 쟁반으로 옮겼다. 그의 머그컵에는 아메리카노가 조금 남아 있었고 곡물이 들어간 라테를 마신 젤다의 유리컵에는 긴 티스푼과 침전물과 얼룩이 남았다. 두 개의 물컵은 모두 비어 있었다. 쟁반을 챙기며 그는 수업을 그만두겠다는 말을 꺼낼 타이밍을 노렸다.

수업이 시작됐을 때 젤다는 가방에서 프린트를 꺼내면서 로건, 모자 쓴 건 처음 봐요, 라고 했다. 아침에 그는 덥수룩해진 머리에 골프 모자를 쓰면서 이발할 때가 지났다는 걸 깨달았다. 이발을 해야 돼요. 그의 대답에 젤다가 헤어컷, 하며 영어로 바꾸어주었다. 그런 뒤에 새로 배울 표현이 정리된 프린트를 건넸고 스마트 패드로 영화 속 장면을 재생시켰다.

사 년 가까이 수업하는 동안 그는 대체로 그 타이밍에 뜨거운 아메리카노를 마셨다. 카페인이 들어가야 머리가 돌아가며 공부할 준비가 되었다. 오전 중에 커피를 마셔야 밤잠에 영향을 받지 않는 나이가 되기도 했다.

영화에는 백발에 가까운 머리를 단정하게 빗어 넘긴 남자가 나왔다. 남자는 양복 차림으로 카메라 앞에 앉아서 자신에 대해 이야기하기 시작했다. 자막이 없는 화면을 보며 처음에 그는 남자가 하는 말을 절반 정도 알아들었고, 반복해서 듣는 동안 의미가 좀더 잘 이해되었다. 은퇴한 남자는 새 회사에 인턴으로 지원하며 '자신의 인생에 어딘가 빈 구석이 있고 그걸 채우고 싶을 따름'이라고 했다. 그가 남자의 말을 따라 하는 동안 젤다는 긴 티스푼으로 곡물 라테를 저었다. 라테를 꿀꺽꿀꺽 마시면서도 그를 쳐다보며 고개를 끄덕거리거나 갸웃거리는 걸 잊지 않았다. 그가 단어를 빠뜨리거나 그의 발음이나 억양이 이상할 때는 컵을 내려놓고 두 손을 모았다. 그럴 때 젤다의 입술 양옆에는 곡물 라테의 흔적이 하얗게 남아 있었다. 입 모양을 잘 보라며 젤다가 입술을 크게 움직여 발음할 때마다 고소한 곡물 냄새가 풍겼다. 라테를 다 마신 뒤 젤다는 물을 한 잔 마셨는데 그때 입술 옆의 흔적이 지워졌다.

그는 시니어 인턴십에 지원한 영화 속 칠십대 남자의 인터

뷰에서 몇 개의 표현을 새로 배웠다. 인생을 새롭게 시작하는 남자에 대한 호기심과는 무관하게 두통이 밀려오기 시작했다. 그는 점퍼 주머니에 손을 넣어 두통약이 있는지 확인했다.

오늘은 여기까지 할까요, 로건.

젤다가 슬레이트를 치듯 두 손을 경쾌하게 맞잡았다. 그는 의자에 걸어놓았던 백팩에서 휴대폰을 꺼냈다. 테이블 위의 프린트는 두 번 접어 백팩에 넣고 안경을 벗어 냅킨으로 문질러 닦았다. 한 달 전에 안경을 새로 맞췄는데도 두통이 오니 시야가 부옇게 변해갔다.

젤다는 의자에서 일어날 때까지 시간이 좀 걸렸다. 수업하는 동안 자꾸 걷어서 팔꿈치까지 올라간 데님 셔츠의 소매를 정리하고 손목에 늘 끼고 다니는 얇은 고무줄로 머리를 묶었다. 손목 바깥쪽에 새긴 나뭇잎 모양의 타투에 고무줄 자국이 남았다. 아침에 카페의 스터디룸으로 들어올 때 젤다는 언제나 머리가 덜 마른 상태였고 어깨에 닿지 않는 단발머리는 수업이 끝날 때쯤에야 묶기 좋게 말랐다.

젤다가 머리를 묶는 동안 그는 혈관이 불거지기 시작하는 자신의 손등을 낯설게 쳐다보다가 양쪽 관자놀이를 천천히 눌렀다. 두통은 나아지는 기미 없이 점점 더 묵직해졌다. 영화 속 남자는 Well, I still have music in me, 라고 했는데 그는 자기 안에 여전히 무언가가 있다고 말하는 나이든 남자가 경이롭게 느껴졌다. 남자는 매일 출근할 곳이 있으면 정말 좋을 것 같다며, 사람들도 만나고 즐겁게 도전을 해보고 싶다고 했다. 남자는 그보다 나이가 많지만 건강해 보였다.

젤다는 테이블 위의 스마트 패드와 펜슬, 프린트를 정리해서 가방에 넣었다. 그때마다 손목 위의 나뭇잎 타투가 구겨졌다가 펴졌다. 가방을 다 챙긴 젤다가 자리에서 일어나 모직으로 된 체크무늬 재킷을 걸쳤다. 실제의 젤다는 작고 말랐는데 수업을 하는 동안에는 그보다 더 큰 어른처럼 느껴졌다. 그는 공부를 그만두겠다는 이야기를 어떻게 꺼낼까 고민하며 휴대폰을 만지작거렸다. 눈이 마주치자 젤다가 로건, 이제 미국 지사로 발령 나도 문제없겠는데요, 하며 웃었다. 그가 난감한 표정을 짓자 좀더 자신감을 가져요, 영화 속의 벤은 인턴부터 시작하잖아요, 로건은 미국에 가도 잘할 거예요, 하며 그의 팔을 툭 쳤다. 수업이 끝난 뒤 젤다는 영어가 아니라 한국어를 썼고 젤다의 한국어는 당연히 완벽했다.

그는 휴대폰을 테이블에 내려놓은 뒤 젤다, 하고 불렀다. 머릿속이 징 하고 울렸다. 젤다가 주머니에서 이어폰을 꺼내다가 고개를 들었다. 다음 수업을 위해 서두르는 기색이 느껴졌다. 이름을 부르고 나면 말할 수 있을 줄 알았는데 막상 눈이 마주치자 사 년 가까이 이어온 수업을 그만두겠다는 말을 꺼내는 게 쉽지 않았다. 이렇게 간단하게 얘기할 문제가 아닌 것 같기도 했다. 그는 잠시 망설이다가 한쪽 손을 들어 인사했다.

일교차가 심해요. 감기 조심해요.

그가 영어로 말하자 젤다가 로건도요, 한 주 잘 지내고 오늘 배운 표현들 잊지 말아요, 했다.

젤다는 이어폰을 귀에 꽂더니 스터디룸의 문을 밀고 나갔다. 그는 창가에 서서 카페를 나선 젤다가 사람들 사이로 걸어가는 뒷모습을 바라보았다. 숄더백을 멘 젤다의 어깨는 왼쪽으로 살짝 기울었고 걸을 때마다 하나로 묶은 머리가 경쾌하게 움직였다. 젤다의 머리 위쪽으로 철교 위를 지나가는 전철이 보였다.

그는 점퍼 주머니에서 두통약을 꺼내 조금 남은 아메리카노와 함께 삼켰다. 휴대폰을 확인한 뒤 스터디룸의 사용 시간을 연장했다. 점심때가 되었지만 입맛이 없고 배도 고프지 않았다. 그는 자리에 앉아 모자를 벗고 눌린 머리카락을 쓸어넘겼다. 헝클어진 머리카락 아래로 단단한 머리통이 만져졌다. 머릿속에서 무슨 일이 일어나고 있는 건지 알 수 없지만 두통과 시력 저하가 주된 증상인 건 확실했다.

그는 스마트 패드를 꺼내 수업 때 본 영화를 찾았다. 젤다는 자막 없이 원어로 여러 번 들은 다음 영어 자막을 확인하라고 했지만 그는 한글 자막의 크기를 키운 다음 이어폰을 꽂았다. 약이 두통에서 그를 잠시 건져낸 덕분에 관자놀이를 누르지 않고도 남자가 공원에서 사람들과 함께 태극권을 하는 마지막 장면까지 편안하게 감상할 수 있었다. 엔딩 크레디트가 올라가는 걸 보며 그는 집에 가는 길에 헤어컷을 해야겠다고 결심했다.

그는 카페에서 나와 한강공원 쪽으로 걸어갔다. 빨갛고 노란 빛으로 풍성하게 물든 가을의 나무들과 산책하는 사람들, 자전거를 타고 공원으로 나가는 사람들이 보였다. 하늘은 높고 파랬으며 흰구름 역시 멀리 있는데도 선명했다. 중후하게 단풍이 든 벚나무와 쨍한 노란빛의 은행나무가 함께 어우러진 풍경은 유화보다는 투명도가 높고 수채화라기에는 물기가 적었다. 예년보다 가을이 길어져 그늘막과 돗자리를 펴놓고 늦가을의 토요일 오후를 즐기는 사람들이 많았다. 그들은 색색의 낙엽처럼 여기저기 흩어져 있었다.

나는 가을을 좋아해요. 가을이 됐다는 게 느껴져요. 가을을 타나봐요.

수업시간에 젤다는 계절과 관련된 표현들을 짚어주었다. 젊었을 때 그는 가을을 탄다는 게 뭔지 몰랐다. 오십대가 되니 그게 관용적인 표현이 아니라는 걸 알게 되었다. 기온이 떨어지고 바람이 불 때마다 삶에서도 무언가가 떨어져나갔고 거울에 비친 얼굴빛은 낙엽을 닮아갔다. 그런 것들이 그의 마음 한 구석을 바스라뜨렸다. 그는 강 쪽으로 걸어가 은색으로 반짝

이는 강물과 멀리 수상 스포츠를 즐기는 사람들과 선착장에
정박해 있는 오리배들을 보았다. 바람이 불 때마다 배들이 이
리저리 가볍게 흔들렸다. 묶고 있는 줄을 풀면 오리배들은 어
디로 떠내려갈까. 영어 수업을 그만두게 되면 삶이 어느 방향
으로 흘러갈지 그는 알 수 없었다.

종업원들이 테이블 위의 접시를 치우는 동안 임원들은 주말
라운딩 약속을 잡았다. 월요일부터 골프 얘기나 하고 말이야.
룸 안쪽 테이블에 앉아 있던 본부장이 장난스럽게 끼어들었
다. 그 옆의 다른 임원이 추워지기 전에 부지런히 쳐야죠, 하
며 웃었다. 요즘 날씨가 예술이지. 동조하는 목소리도 들렸다.
테이블 중앙에 앉은 스티브가 어눌한 발음으로 "가을 좋아"라
고 해서 임원들이 웃으며 고개를 끄덕거렸다. 임원 회의와 회
식 자리의 공식적인 언어는 영어지만 외국 사람인 스티브는
예외였다. 그가 한국말로 몇 마디 하면 분위기가 유쾌해졌다.
골프 얘기를 듣던 스티브가 자신은 좀더 큰 공을 좋아한다
면서 테니스 칠 사람 없어요? 볼링 칠 사람은? 하고 물었다.
농담할 때 스티브는 어깨와 팔을 많이 움직였고 눈꼬리가 부
드럽게 휘어졌다. 몇 사람이 장난스럽게 손을 들자 스티브가
나중에 딴소리하면 안 된다며 웃었다. 말은 그렇게 해도 스티
브가 골프 약속에 빠지는 일은 없었다.

종업원들이 치우는 접시 위에는 요리가 절반 이상 남아 있었다. 개인 접시에 덜어간 음식을 다 먹지 못한 사람도 있었다. 사 년 전 외국계 기업이 회사를 인수한 뒤 스티브가 지사장으로 막 부임했을 때는 회식 자리에서 대화를 나누는 사람이 거의 없었다. 통역해줄 직원이 합석했는데도 짤막하고 의례적인 대화만 몇 마디 주고받은 뒤 다들 먹는 일에 집중했다. 그게 불과 얼마 전 일 같은데 몇 년 사이에 임원들의 영어 실력은 놀라울 정도로 늘었고 회식 자리에서 음식은 더이상 중요한 역할을 하지 못했다.

스티브가 있는 가운데 테이블을 중심으로 임원들은 친분과 중요도에 따라 룸의 안쪽과 바깥쪽 테이블에 나누어 앉았다. 올해 회사의 주력 상품인 목과 허리 견인 치료기기의 판매량이 늘어 내수와 수출 모두 큰 폭의 흑자를 기록했다. 온라인 판매도 꾸준히 증가해서 직원들과 임원들은 연말 성과급의 규모를 기대하고 있었다. 여덟 명의 임원들이 회식 자리에서 골프와 주식과 부동산 얘기를 하며 친목을 다지는 모습은 수업중에 젤다가 보여주었던 영화나 드라마의 한 장면 같았다. 로건은 바깥쪽 테이블에 앉아 그들이 대화하는 장면을 바라보았다. 차이니스 레스토랑의 안쪽 룸을 배경으로 펼쳐지는 드라마에서 사십대 후반의 스티브는 사교적인 지사장 역할을 맡았고 유연한 리더처럼 보이기 위해 타이를 매는 대신 셔츠 위에 니트를 입고 있었다. 밝은 벽돌색의 니트는 긴 얼굴과 날카로운 눈매의 스티브를 부드러운 인상으로 보이게 했다. 실제로 스티브는 처음 발령받았을 때보다 턱과 배에 둥글게 살이 붙고 엠자형 탈모도 상당히 진행되어서 캐릭터가 푸근 해졌다.

　로건은 자기 앞에 놓인 빈 그릇들을 모아 종업원에게 건넸다. 두 달 전까지는 그도 회식에서 꽤 비중 있는 조연이었다. 승진과 미국 지사 설립에 관심이 많았고 열심히 공부한 영어로 치료기기 홍보의 중요성을 적극적으로 어필했다. 성공적으로 마무리한 의료기기 박람회와 채용 박람회의 성과, 내년 봄에 있을 국제 의료기기 박람회에 대한 계획까지 대사의 분량도 제법 많았다. 스티브는 로건이 만든 온라인 쇼핑몰의 제품 소개와 홍보 영상을 마음에 들어했고 미국 지사 설립에 그가 꼭 필요하다는 얘기를 여러 번 했다. 그게 불과 두 달 전 일이었다.

　임원들이 미국 지사 설립과 새로운 부서 발령을 염두에 둔 채 연말과 새해 계획 얘기를 나누는 동안 그는 앞에 놓인 게살 수프를 떠먹었고 오향장육, 궈바오러우, 굴소스 채소 볶음, 누룽지탕 등이 나올 때마다 개인 접시에 옮겨 담아 먹었다. 여러 종류의 딤섬을 맛보면서 스티브가 미식가라는 점에 감사했다. 다른 임원들이 예전의 그처럼 스티브에게 자신의 업무와 성취에 대해 얘기하는 동안 그는 대화에서 멀찍이 떨어진 채 테이블 위를 살펴보았다. 이 장면에서 그가 배울 표현은 없었다.

세 개의 테이블 위에는 생화를 꽂은 화병과 양초가 한 세트씩 놓여 있었다. 이 레스토랑에 여러 번 왔는데 테이블 위에 그런 것들이 놓여 있다는 걸 처음 알게 되었다. 호리병 모양의 화병에는 꽃이 두 송이씩 꽂혀 있었는데 자세히 보니 화병마다 꽃잎의 색이 달랐다. 가장 안쪽 테이블은 흰색과 분홍색, 스티브가 앉아 있는 가운데 테이블은 흰색과 보라색, 그가 앉은 테이블은 흰색과 노란색이었다. 꽃잎이 장미처럼 여러 겹으로 피어 있었는데 이름은 알 수 없었다. 주말 내내 테이블 위를 지켰던 듯 꽃잎 바깥쪽이 살짝 시들어 있었다. 그 옆에 놓인 작은 원통 유리병 안의 초는 힘있게 타올랐고 그가 앉아 있는 테이블의 초만 불이 약했다.

그는 그런 것들을 사람들의 표정보다 자세히 보았다. 종업원들이 후식을 세팅하고 대화가 마저 이어지는 동안에도 병 안의 초는 계속 타올랐고 꽃은 눈치채지 못할 정도로 조금씩 시들어갔다.

그가 후식으로 나온 망고 셔벗을 한 숟갈 떠먹었을 때 테이블 위에서 촛불이 조용히 꺼졌다. 그는 불타던 심지가 촛농 속에 가만히 잠겨 있는 것을 보았다. 재킷 주머니 안에 든 두통약을 만지작거리다 그는 건강검진을 받은 지 한 달이 되었다는 걸 깨달았다. 그사이에 많은 일들이 그를 지나쳐갔다.

한 달 전에 그는 몇 개의 검사 항목을 추가해서 건강검진을 예약한 뒤 병원에 갔다. 접수처에서 받은 문진표를 작성할 때는 운동 시간과 횟수가 부족한 것, 과음했던 것을 반성했고 진찰실을 돌면서는 혈압과 몸무게의 수치가 크게 변하지 않은 것에 안도했다. 시력이 많이 나빠진 건 노화의 과정으로 받아들이기로 했다. 검진을 마치고 병원 밖으로 나왔을 때 그는 평소보다 많이 피로하다고 느꼈다. 점심을 먹은 직장인들이 사무실로 돌아가는 시간이었다. 그는 주차장으로 내려가 운전석에 가만히 앉아 있었다. 죽이라도 한 그릇 사 먹으려고 했는데 머리가 묵직하고 눈도 침침했다. 저녁 약속을 취소한 뒤 안경을 새로 맞추러 갔다.

며칠 뒤 사무실에서 치료기기의 상품 리뷰를 검토하다가 뇌질환이 의심되니 내원하라는 병원의 연락을 받았다. 그는 마우스를 쥐고 있는 오른손과 바닥을 디딘 발을 내려다보았다. 사람들이 눈치채지 못할 정도로 미세하게 떨리기 시작했다. 그는 통화 종료 버튼을 누른 뒤 사무실을 둘러보았다. 직원들은 모두 자리에 앉아 컴퓨터 모니터를 보거나 텀블러에 든 차를 마셨고 업무와 관련된 통화를 하고 있었다. 그가 전화를 받기 전과 달라진 것은 아무것도 없었다. 그는 사람들 사이에 앉아 있는 게 힘들어 화장실로 갔다. 거품을 내어 손을 씻었고 거울 속 얼굴을 보며 자신에게 무슨 일이 일어난 건지 이해해 보려 애썼다. 의사는 뇌 CT 판독 결과에 대해 말하며 양성종 양일 가능성이 높으니 내원해서 MRI를 찍어보는 게 좋겠다고 했다. 그 목소리는 그날 점심을 먹은 식당에서 영수증 드릴까요? 라고 묻던 목소리와 다르지 않았다. 그는 손으로 자신의 머리통을 만져보다가 흐르는 물에 얼굴을 씻었다. 고개를 들어 거울을 보는 것이 두려워 오래오래 문질러 닦았다.

주말에 라운딩 갈 거지? 본부장이 물어서 그는 장모님 생신이라고 말하며 불참 의사를 밝혔다. 본부장이 이것도 업무의 연장이라고 해, 하며 눈을 찡긋거렸다. 그는 회사와 자신이 하는 일을 좋아했다. 전문 의료진과 연구진이 개발한 경추 및 요추 견인기기의 설명서를 만들고 광고 문구와 홍보 영상 제작을 의뢰하고 감수하는 것이 적성에 잘 맞았다. 미국 지사 설립을 도우려면 영어 수업 횟수도 늘려야 했고 체류를 위해 준비해야 할 것도 많았다. 그러나 그는 이제 테이블 위의 꽃처럼 눈에 띄지 않게 시들어갔다.

망고 셔벗을 다 먹은 뒤 그는 재킷 주머니에서 휴대폰을 꺼내 화병 안의 꽃 두 송이를 찍었다. 장미와 비슷하지만 장미가 아닌 꽃의 이름이 무엇인지 알고 싶었다. 스티브가 그를 보더니 로건, 방금 뭘 찍은 거야? 하고 물었다. 그는 머뭇거리다가 이 꽃, 이름이 궁금해서, 라고 대답했다. 주말 라운딩 멤버를 정하던 사람들이 스티브와 그를 잠시 쳐다보았다. 혹시 이 꽃 이름 아는 사람 있어? 그는 테이블을 둘러보며 물었다. 스티브 가 어눌한 한국말로 "맙소사. 로건, 가을 타나봐" 하며 어깨를 으쓱했다. 쳐다보던 사람들이 비로소 웃음을 터뜨렸다.

토요일 아침, 그는 알람 소리에 눈을 떴고 평소와 같은 시간 에 일어났다. 후드 집업을 걸치고 지하철역 근처 꽃집에 가서 미리 부탁해놓은 꽃다발을 찾았다. 이틀 전 퇴근길에 들렀을 때 꽃집 주인은 그가 찍은 사진을 보더니 리시안셔스네요, 하 며 연분홍색 꽃 한 단을 꺼내 보여주었다. 레스토랑 테이블 위 에 있던 꽃보다 더 싱싱해 보였다. 주인이 리시안셔스는 잘린 상태에서는 더 피지 않는 꽃이라며 수명이 긴 게 장점이라고 설명했다. 그는 얇고 부드러운 꽃잎을 보다가 꽃다발을 만들 어달라고 부탁했다.

토요일 아침의 지하철에는 고단한 표정의 사람들이 떠엄띄 엄 앉아 있었다. 그는 자리에 앉아 꽃다발이 든 쇼핑백을 발치 에 놓은 뒤 딸이 어버이날 선물해준 무선 이어폰을 귀에 꽂았 다. 젤다는 영어 오디오북을 알아듣기 좋은 속도로 조절해서 듣거나 발음이 정확하고 가사가 단순한 올드 팝을 듣는 것이 도움이 된다고 했지만 병원에 다녀온 뒤로 그는 이동할 때 피

아노나 기타 연주곡만을 반복해서 들었다.

카페로 걸어가는 동안 한 주 전에 보았던 풍경이 그대로 눈앞에 펼쳐졌다. 지난주 토요일에서 시간이 전혀 흐르지 않은 듯했고, 따뜻한 기온이 내내 이어져 가을이 계속될 것 같은 착각마저 들었다. 그는 주위를 둘러보았다. 색색의 나뭇잎을 매단 나무들이 그로서는 짐작할 수 없는 순서에 맞춰 천천히 낙엽을 떨어뜨렸다. 나무들이 앙상해진 거리 풍경을 상상하기 어려웠다. 그는 잠시 멈춰 쇼핑백 안에 든 꽃다발을 들여다본 다음 다시 천천히 걸어갔다.

카페에서 평소처럼 뜨거운 아메리카노와 젤다에게 줄 곡물 라테를 주문했다. 토요일 아침 수업 때마다 빈속으로 오는 젤다는 포만감이 드는 음료를 찾다가 곡물 라테를 마시기 시작했다. 음료를 주문하면서 그가 몇 번 빵을 권해보았지만 수업에 방해가 된다며 거절했다. 그는 카드를 단말기에 꽂기 전에 케이크가 진열되어 있는 쇼케이스를 쳐다보았다. 마지막 수업이 될 테니 케이크를 추가하는 게 좋을 것 같아서 얼그레이 시폰케이크와 치즈케이크, 초코케이크를 눈으로 훑었다.

젤다는 스터디룸에서 거울을 보며 젖은 머리를 정리하고 있었다. 그는 꽃다발이 든 쇼핑백을 의자 옆에 세워둔 뒤 쟁반을 테이블에 내려놓았다.

이발했네요, 로건.

그가 고개를 끄덕이자 젤다는 포크를 집으며 가끔은 케이크도 괜찮지요, 했다. 그가 커피를 마시는 동안 젤다는 포크로 초코케이크를 잘라 먹으며 지난 주말에 친구들과 나눈 대화를 전해주었다. 빠르게 이어지는 젤다의 말에서 단어를 캐내고 의미를 해석하는 일이 그는 여전히 어려웠다. 그래도 길을 완전히 잃지는 않았고 헤매는 와중에도 희미하게 나 있는 길을 따라가며 의미에 다가갔다.

난 지금 하는 일에 만족해. 난 여전히 뭔가 다른 일을 할 수 있을 거라고 생각해. 난 미래에 대한 비전을 가지고 있어. 난 아직도 고민중이야. 은퇴 후에 넌 어떻게 살고 싶니.

젤다가 천천히 다시 말해주었고 응용할 수 있는 단어와 표현도 알려주었다.

친구들과 종종 이런 얘기를 나누어요. 로건도 친구들과 이런 대화를 하나요?

젤다가 눈썹을 위로 올렸다가 내렸다. 그는 MRI 판독 결과를 알려주던 의사의 목소리와 며칠 전의 회식 자리를 잠시 떠올렸다. 젤다의 친구들은 몇 살일까. 그는 나이가 많지만 완전히 늙은 것은 아니었다. 뭔가 다른 일을 할 수 있을 거라고 생각하지는 않지만 어떤 결정을 내릴 수는 있었다. 그런 기회마저 완전히 사라진 건 아니었다.

젤다에게 수업을 그만둔다고 말해야 한다는 생각은 한 달

동안 일어난 일을 아내에게 어떻게 전하고 앞으로 어떻게 살아야 하나, 로 이어졌다. 그는 쇼핑백 안의 꽃다발을 쳐다보았다. 월요일 회식 이후 그는 꽃 이름을 알아내기 위해 검색창을 여러 번 열었고 그때마다 젤다에게 수업을 그만둔다고 전화할까 고민했다. 그것을 시작으로 더 많은 것들을 정리하고 그만두어야 했다.

젤다가 로건? 하고 불렀다. 그가 멍하게 쳐다보자 젤다는 테이블 위에 두 손을 모은 채 그의 눈을 바라보았다. 이렇게 표현할 수도 있어요. 젤다는 흘러내린 니트 소매를 걷어올리며 혼자서 질문과 대답을 소화했다. 그럴 때의 젤다는 단호하고 추진력 있는 선생이었다. 팔꿈치 위까지 올라간 베이지색 니트 소매에는 주름이 잔뜩 생겼는데 손목의 나뭇잎은 빳빳하게 펴져 있었다.

그는 수업에 집중하지 못한 채 커피를 마셨다. 젤다가 로건, 오늘 컨디션이 안 좋아요? 하고 묻더니 영화의 한 장면을 틀었다. 영상이 재생되자 젤다는 그제야 긴 티스푼으로 우유와 곡물이 분리된 곡물 라테를 저었다. 그는 커피를 마시며 지난주에 젤다에게 칭찬을 받았을 때 수업을 끝냈으면 좋았을 텐데, 하고 후회했다.

로건, 오늘은 좀 일찍 마무리할까요?

젤다가 니트 소매를 정리하며 물었다. 그는 고개를 끄덕거린 뒤 두통이 밀려오기 시작하는 이마를 짚었다.

한 주 쉬고 그다음 주에 만나요. 프린트도 그때 다시 살펴보고요. 개인적인 일이 좀 있어서요.

젤다가 패드와 펜슬과 프린트를 가방에 챙기며 일어섰다. 그는 엉거주춤 따라 일어났다. 젤다는 수업을 쉬는 게 너무 오랜만이라며 웃었지만 고무줄로 머리를 묶는 동안 무표정한 얼굴이 되었다. 체크무늬 재킷을 걸치고 가방을 메는 모습에서 피로가 느껴졌다. 그가 주춤거리는 사이 젤다는 스터디룸의 문을 열고 나갔다. 그는 잠시 서 있다가 자리에 앉았고 의자 옆에 세워두었던 쇼핑백을 내려다보았다. 수업을 시작하던 해에도 스승의날 선물을 준비했지만 젤다에게 주지 못했다. 출장지에서 아내와 딸의 선물을 사면서 같이 고른 것이었는데 젤다가 부담스럽다며 거절했다.

나중에, 수업 때문에 좋은 일이 생기면 그때 받을게요.

그는 여러 가지 향의 핸드크림이 든 그 선물 세트를 생일을 맞은 직원에게 주었다. 젊은 직원들이 한동안 그를 센스 있는 부장님이라고 불렀다.

젤다가 말한 나중이 오기까지 이 년이 걸렸다. 토요일 아침마다 그는 젤다와 비즈니스 영어 공부를 했고 회의 때 스티브의 말을 녹음해서 발음과 억양과 말버릇을 익혔다. 그런데도 회의실과 회식 장소에 가면 필라멘트가 끊어진 전구처럼 앉아 있었다. 언어를 익히는 건 시간이 오래 걸리는 일이라고 젤다가 위로했지만 통역을 기다리다보면 흐름에 뒤처졌고 어쩌다 들리는 단어 몇 개로 내용을 짐작하며 버티는 건 곤혹스러웠다.

수업을 한 지 일 년 반쯤 되었을 때 스티브의 말에서 어절과 문장이 들리기 시작했다. 그는 대화의 흐름을 따라가고 있었다. 회의를 마치고 자리로 돌아와 젤다에게 메시지를 보냈다.

이제 좀 들리기 시작합니다, 선생님.

듣는 것이 나아지자 통역 직원에게 의존하는 일이 줄었고 스티브가 '로건'을 부르는 일도 늘어났다. 반년 뒤에 그는 승진자 명단에서 자신의 이름을 확인했다. 수업이 끝난 뒤 스터디룸에서 감사의 선물을 건넸을 때 젤다는 승진 축하해요, 하며 박수를 쳤다. 쇼핑백 안에 든 스마트 패드를 확인하더니 와우, 연봉도 많이 올랐군요, 하며 활짝 웃었다. 부담스러워할까봐 걱정했는데 박스를 개봉하며 젤다는 아이처럼 좋아했다. 젤다는 그가 선물한 패드를 수업시간에 영화를 보여줄 때 사용했다. 그때로부터 이 년이 더 흘렀고 그동안 패드 뒷면에는 젤다가 붙인 스티커가 늘었다.

휴대폰의 일정 알림이 울렸다. 장모님 생신 모임. 집에 가서 옷을 갈아입고 모임 장소까지 가려면 그만 일어나야 했다. 예약해놓은 한정식집에 모이면 가족들은 미국 지사 발령에 대해 얘기할 것이다. 아내는 머리가 복잡하고 귀찮다고 하면서도 딸을 위해서는 움직이는 게 낫겠지, 좋은 기회겠지, 하며 웃을 것이다. 그는 의자에 걸어두었던 후드 집업을 걸치고 일어나서 창 너머의 하늘과 길게 이어지는 철교, 그 위로 지나가는 전철을 보았다. 멀리 보이는 전철의 움직임은 다른 시공간의 일처럼 낯설고 낭만적으로 느껴졌다. 지하철역으로 걸어가며 그는 늦가을의 풍경이, 풍부한 색채로 잎을 떨구는 늦가을의 나무가 앙상한 겨울나무보다 더 쓸쓸해 보인다고 생각했다.

그는 리시안셔스 꽃다발이 든 쇼핑백을 집에 들고 갔다. 머리 여기저기에 둥근 롤을 만 아내가 쇼핑백을 받아들더니 안을 들여다보았다.

엄마 주려고 샀어?

그는 말없이 고개를 끄덕거렸다.

다음부터는 화분을 사. 꽃다발은 시들어서 아까워.

그렇게 할게, 라고 말하고 그는 아내에게 어떤 옷을 입을지 물어보았다.

생일 케이크의 촛불을 끈 뒤 장모님은 딸과 사위, 아들과 며느리, 손자 손녀들 사이에 앉아 열심히 젓가락질을 했다. 고기를 집어 막내딸의 밥 위에 얹어주고 가시를 발라낸 생선 접시를 손자와 손녀 앞에 놓아주었다. 빈 접시는 옆으로 빼둔 뒤 종업원이 오면 채워달라고 요령 있게 부탁했다. 엄마도 좀 드셔, 하면서도 장모님의 손길을 거부하는 사람은 없었다. 칠순이 넘었지만 장모님은 혈압약을 먹고 당을 조심하거나 가끔 무릎이 쑤신다며 침을 맞으러 다니는 것 외에는 따로 지병도 없고 건강한 편이었다. 밥을 먹으며 그는 장모님이 테이블 위를 부지런히 살피고 양손으로 식사를 진두지휘하는 걸 바라보았다. 장모님이 그의 접시에 전복 구이를 놓아주며 미국 가기 전에 송별회도 해야지, 하더니 김서방 자리잡으면 나도 꼭 불러, 하면서 웃었다. 나이 오십에 미국 발령이라니. 가족들은 그와 아내에게 운이 좋다고, 딸에게도 가서 많이 배우고 오라고 덕담을 건넸다. 아직 시기는 정해지지 않았대요. 아내가 그렇게 말하며 가만히 있는 그를 바라보았다.

그는 테이블 맞은편에서 가족들 사이에 앉아 있는 아내를 거울처럼 바라보았다. 나도 영어 공부를 해야 된다고? 못 살아, 머리 다 굳었는데, 하며 투덜거리는 입술 양옆에는 팔자 주름이 자리잡았고 알이 큰 진주 반지를 낀 손에는 혈관이 불거져 있었다. 그는 접시 위의 전복 구이를 집어 장모님의 접시와 아내의 밥 위에 하나씩 올려놓았다.

다시 토요일 아침이 되었을 때 그는 알람 소리 없이 눈을 떴다. 수업도, 다른 일정도 없는 토요일은 오랜만이었다. 좀더 자려고 뒤척이다 일어나 옷을 챙겨 입고 트렌치코트를 걸쳤다.

그는 평소처럼 지하철을 탔고 이어폰으로 음악을 들으며 역들을 지나쳤다. 토요일 아침의 지하철 안 풍경은 여느 때와 비슷했고 그는 버릇처럼 늘 하차하던 역에서 내렸다. 몇 주째 이어지는 가을 날씨에 감탄하며 한강공원 쪽으로 걸어가서는 자전거와 돗자리를 대여하는 곳 앞에 한참 서 있었다.

그는 늘 예약하던 카페의 스터디룸이 비어 있는 걸 확인하고 안으로 들어갔다. 토요일마다 앉던 의자에 앉았다. 4인용 룸이지만 의자만 네 개일 뿐 테이블은 2인용 같다고 생각했었는데 혼자 있으니 테이블이 넓고 휑해 보였다. 그는 늘 앉던 자리에서 맞은편의 빈 의자를 보며 뜨거운 아메리카노를 마셨다.

처음 수업하던 날 이 테이블에 마주앉았을 때 젤다는 그에게 영어 이름을 정하자고 했다. 같이 수업할 때 쓸 거예요. 회사에서도 직급이나 본명 대신 영어 이름으로 부르자는 말이 나왔는데 그는 이름을 고르지 못했다. 스티브는 그를 쌍허라고 부를 때마다 얼굴근육을 묘하게 일그러뜨렸다. 젤다가 제시하는 이름들 중에서 뜻이 너무 거창하거나 배우를 연상시키는 것을 제외하자 몇 개 남지 않았다. 그는 작은 골짜기라는 의미의 로건이 마음에 들었다. 그뒤로 김성호는 토요일 아침마다 로건이 되었고, 평일의 회사에서도 로건으로 불리게 되었다.

커피를 다 마셨지만 젤다는 당연히 오지 않았다. 그는 머그 컵을 반납한 뒤 카페 밖으로 나가 한강이 보이는 쪽으로 걸어갔다. 벤치에 앉아 강물과 그 위로 지나가는 전철과 날아가는 새를 보았다. 계절은 바뀌어가는데 시간은 강물처럼 흘러가지 않고 오리배처럼 정박해 있었다. 자전거 타는 사람들이 그의 옆을 지나 차례로 멀어졌다. 그들이 시야에서 사라질 때까지 그는 눈을 떼지 않았다. 나무들이 남은 잎을 하나둘 천천히 떨구었다. 그때 그는 돗자리를 펴고 그늘막 아래 앉아 있는 사람들 사이로 지나가는 젤다를 발견했다. 묶지 않은 머리는 덜 마른 상태였고 갈색 트렌치코트를 입었는데 걸을 때마다 숄더백을 멘 어깨가 왼쪽으로 살짝 기울었다. 젤다는 무슨 생각을 하는지 골똘한 표정이었고 한강 쪽으로 오다가 방향을 바꾸어 카페 쪽으로 걸어갔다. 그는 손을 들어 젤다를 부를까 하다가 그만두었다. 젤다가 바람에 날리는 낙엽처럼 다른 곳으로 가버리는 것을 멀리서 바라보았다.

그다음 토요일 아침에 그는 머리가 묵직하고 시야가 침침해서 한참 동안 침대에 가만히 앉아 있었다. 빈속에 두통약을 먹은 뒤 오늘은 수업을 그만둔다는 얘기를 꼭 해야 한다고 생각하며 집을 나섰다. 한 주 전에 입었던 트렌치코트가 얇게 느껴질 정도로 바깥 공기가 찼다. 전날 퇴근할 때만 해도 느끼지 못한 서늘함이었다. 아침 거리에 겨울옷을 입은 사람들이 걸어다녔다.

그는 수업에 거의 집중하지 못했다. 젤다에게 양해를 구한 뒤 두통약을 한 알 더 먹었고 화장실에 가서 찬물로 얼굴을 씻고 왔다. 영어를 제대로 쓰고 싶다거나 좋은 위치에 올라가고 싶은 마음이 완전히 떠나가는 걸 느꼈다.

수업이 평소보다 조금 일찍 끝나서, 특별한 일이 없다면 다음 학생을 만나기 전까지 젤다에게는 사십 분 정도의 시간이 남아 있었다. 그가 알기로 젤다는 그 시간 동안 이동해서 간단하게 점심을 해결한 뒤 다음 수업 준비를 했다. 그는 젤다의 여유를 방해하지 않는 선에서 작별인사를 하고 싶었다.

그는 물을 마시는 젤다에게 할말이 있다고 했다.

얘기해요, 로건.

이제 영어 공부를 그만하려고 해요.

그의 말이 끝나자 젤다가 머리를 묶으려고 올렸던 손을 내렸다. 그녀는 테이블 위로 두 손을 모은 채 그의 눈을 가만히 바라보았다. 그가 판에 박힌 단어나 관용구로 문장을 만들 때 자주 취하던 동작이었다.

오늘이 마지막 수업이었군요.

그는 대답 대신 고개를 끄덕거렸다.

오, 로건.

젤다가 뒷말을 잇지 못한 채 그를 향해 두 팔을 벌렸다. 손목 위의 나뭇잎이 그를 향해 다가왔다. 그도 테이블 맞은편에서 팔을 벌렸다. 두 사람은 고개를 엇갈린 채 서로의 어깨를 가볍게 두드렸다. 젤다가 단어와 문장을 천천히 발음한 뒤 그의 대답을 차분하게 기다리던 순간과 억양과 악센트를 교정해주고 그가 잘 따라 하면 칭찬해주던 순간들이 떠올랐다. 젤다를 만나지 못했다면 그는 여기까지도 오지 못했을 것이다.

그동안 고마웠어요.

그가 한국말로 인사하자 젤다가 맙소사, 언젠가 이런 날이 올 거라는 건 알고 있었지만, 하며 울 듯한 표정을 지었다. 이제 미국에 가는 거군요. 그는 그 말에 답하지 못한 채 테이블의 모서리를 쳐다보았다.

좋은 일이니까 축하해야겠지요.

젤다는 같이 공부했던 토요일이 즐거웠다고 했고 그는 끌고 가느라 고생이 많았다고 답했다. 그는 성실한 편이었지만 언어를 익히는 데 재능이 없는 학생이었다.

가서 건강히 지내요.

젤다가 일어나서 의자에 걸어두었던 트렌치코트를 입었다. 짙은 낙엽 색깔의 그 트렌치코트는 가을이면 젤다가 자주 입던 옷이었다. 두 사람은 잠시 말없이 서 있었다. 시간을 확인한 젤다가 출국하기 전에 식사 한번 해요, 했다. 그는 고개를 끄덕였다. 할말이 더 있는 것 같기도 하고 충분히 전한 것 같기도 했다. 가방을 멘 젤다가 나가며 손을 흔들었다. 손목 위의 나뭇잎만이 시간이 지나도 낙엽이 되지 않을 것이었다.

그는 스터디룸에 가만히 앉아 있었다. 테이블 위에는 수업 내용을 정리한 프린트가 놓여 있었다. 물컵은 비었고 두 사람의 음료를 담았던 잔에는 각기 다른 색의 얼룩이 남았다. 언제나 젤다가 먼저 나갔고 그는 이렇게 테이블에 잠시 앉아 있었다. 젤다와의 수업이 끝날 때마다 반복된 일이었다. 그는 프린트를 여러 번 접어서 주머니에 넣었다. 창 너머 보이는 철교 위로 전철이 천천히 지나갔다. 앉은 자리에서 고개를 들면 언제나 그 철교를 볼 수 있었다. 그동안 그가 겪어온 장면들은 전철이 지나가듯 늘 다음 토요일로 나아갔지만 이제 그는 토요일에 로건으로 지내지 않기로 결정했다. 앞으로 토요일 오전을 어떻게 보내게 될지 알 수 없었다. 쟁반을 들자 4인용 테이블이 텅 비었다. 그는 마지막으로 스터디룸을 한 번 둘러보았다. 수업은 끝났지만 그에게는 몇 개의 장면들이 남아 있었다.

카페 밖으로 나온 뒤 그는 잠시 문 앞에 서 있었다. 자전거를 탄 사람들이 그의 옆을 지나 자전거도로로 나아갔다. 그는 헬멧과 선글라스를 쓴 사람들의 옆모습과 군더더기 없고 날렵

한 뒷모습을 보았다. 무언가 그의 옆으로 계속 지나가고 있었다. 그는 자신에게 무슨 일이 일어났고 자신이 무엇을 선택했는지 알게 되었다. 그러자 비로소 마음이 아팠다.

* 젤다가 로건에게 보여주는 영화의 내용과 대사는 영화 〈인턴〉(2015)에서 가져왔다.

밤의
벤치

다른 집 수업을 마치고 온 선생님의 이마와 콧등에는 땀이
맺혀 있었다. 선생님이 운동화를 벗고 거실로 들어오자 은솔
도 까치발을 들고 폴짝거리며 따라갔다. 경진은 에어컨의 희
망 온도를 일 도 내렸다. 은솔이 거실 테이블 앞에 앉아 숙제
한 걸 보여주며 자랑하는 동안 선생님은 가방에서 한글 교재
를 꺼내 펼쳤다.
　경진은 선생님이 얼음물 마시는 모습을 본 뒤 방으로 들어
갔다. 침대에 걸터앉아 선풍기를 작동시켰다. 6월 중순인데도
한여름 날씨가 이어졌다. 후끈한 공기 속에 은솔이 대답하고
웃는 소리가 청량하게 번졌다. 받침 있는 글자를 배운 지 몇
달이 지났지만 은솔은 여전히 ㄷ과 ㅅ 받침을 제대로 구분하

지 못했다. 한글을 배우는 것보다 십오 분 동안 온전히 자신에게 집중해주는 선생님과 함께 있는 게 더 즐거운 듯했다. 경진이 한글 선생님 좋아? 라고 물으면 아이는 선생님이 매일 오면 좋겠어, 라고 대답했다.

수업을 마친 선생님이 현관에서 운동화를 신으며 은솔이 받침 글자를 읽는 건 잘하는데 쓰는 게 아직 서툴다고 했다.

—쓰는 힘 자체도 약하고요.

—운필력이 부족하죠.

경진의 말에 선생님이 맞아요, 운필력, 하며 웃었다. 땀이 흘렀다 마른 콧등에 파운데이션이 얼룩져 있었다.

—요즘 잘 안 쓰는 말인데 아시네요, 어머님.

경진은 자신이 가르쳤던 운필력이 부족했던 아이들과 그 아이들이 흐릿한 글씨로 써주었던 스승의날 카드를 떠올렸다. 이제 고등학생이 되었을 그 아이들의 크고 단단해졌을 손도 잠시 상상해보았다.

선생님은 은솔이 숙제를 다 못해도 괜찮으니 천천히 또박또박 쓰게 해달라고 했다. 일주일에 한 번, 수요일마다 방문해서 십오 분 동안 수업하고 갈 뿐인데 선생님이 은솔에 대해 잘 알고 있을 때마다 신기했다. 경진은 자신보다 열다섯 살쯤 젊은 선생님의 얘기를 귀담아들었고 고개 숙여 인사했다.

현관문을 열고 나가려던 선생님이 어머님, 혹시 다음주부터 수업시간을 조금 앞당길 수 있을까요, 하고 조심스럽게 물었다.

　—앞에 수업하던 친구가 이사가서 시간이 좀 비어서요.

아이를 하원시킨 뒤 옷이라도 갈아입혀서 책상에 앉히려면 수업시간인 네시 삼십분을 지키는 것도 빠듯했다. 어려울 것 같다고 말하려는데 선생님의 블라우스 겨드랑이 부분에 땀이 배었다 마른 자국이 보였다. 한번 생각해봐주세요. 선생님이 경진을 향해 고개를 숙였다.

정우가 은솔을 재우는 동안 경진은 러닝화를 신고 현관문 밖으로 나갔다. 여름밤은 아직 선선했다. 지은 지 사십 년 된 아파트 단지에는 나무들의 냄새가 떠다녔다. 주차 공간이 부족하고 수도관이 낡았고 엘리베이터도 자주 고장나지만 산자락이 감싸고 있어 단지 안의 공기가 깨끗하고 계절의 변화도 선명하게 느껴졌다. 경진은 103동부터 101동까지, 일층 복도와 현관문이 보이는 길을 따라 빠르게 세 바퀴 돌았다. 늦게 퇴근하는 사람들, 경진처럼 운동 삼아 걷거나 뛰는 사람들이 옆으로 지나갔다. 뒤쪽 길로 산책하듯 걷는 동안에는 불이 켜진 일층의 베란다 창문들과 그 안의 사람들이 보였다. 머리 전체에 커다란 헤어 롤을 만 중년 여자가 소파에 앉아 TV를 보았고 러닝셔츠를 입은 남자는 거실 테이블에 앉아 혼자 라면을 먹었다. 걷는 경진과 집안에 앉아 있는 사람들 사이의 거리가 멀지 않았다.

여섯 바퀴를 돈 다음 경진은 단지 앞 편의점에 들렀다. 음료와 주류 냉장고를 지나 빙과류가 들어 있는 냉동고 앞에 섰다. 걷고 난 뒤에 단것을 먹는 습관을 버려야 하는데 결심은 느슨하고 산책 후의 아이스크림은 달콤했다. 경진은 냉동고 안을 살펴보다가 자주 먹는 바닐라 아이스크림콘을 골랐다.

놀이터 옆의 등나무 벤치는 어둠 속에 잠겨 있었다. 벤치 주변에 키가 훤칠하고 가지가 무성하게 뻗어나간 나무들이 서 있어서 뒤편의 가로등 불빛이 등나무 그늘 아래까지 쏟아지지 않았다. 네 개의 벤치가 모두 비어 있는 걸 확인한 뒤 경진은 제일 안쪽에 들어가서 앉았다. 정우는 밤에 혼자 산책하는 걸 걱정했지만 경진에게는 북적거림과 환함보다 등나무 벤치의 고요함과 어둑함이 더 필요했다.

경진은 차분하게 가라앉은 공기 속에서 아이스크림을 한입 베어물었다. 차고 단 맛이 입안으로 번졌다. 땀이 천천히 마르면서 몸안의 온도가 내려갔다. 뒤쪽의 산에서 이름 모를 새들이 울었고 흰색과 갈색 털이 섞인 고양이가 벤치 근처를 어슬렁거리다가 나무 아래 자리를 잡았다. 색이 다른 고양이 두 마리도 간격을 두고 앉았다. 벤치에서는 101동의 작은방 창문들과 102동의 베란다, 103동의 복도가 보였다. 불 꺼진 창문과 불을 밝힌 창문들이 기하학적인 무늬를 만들었다. 한 시간 전까지 경진도 저 위의 손바닥만하게 보이는 창문 안에 있었다. 경진은 아파트 단지를 가볍게 돈 뒤 벤치에 앉아 한숨 돌리는 밤을 하루종일 기다려왔다. 밤의 벤치에 가만히 앉아 있으면 하루의 피로가 발밑으로 천천히 빠져나갔다.

학원 차량에서 내린 여학생 둘이 두런두런 얘기를 나누며 벤치 앞을 지나가다가 폭죽을 터뜨리듯 갑자기 웃음을 쏟아내며 멈춰 섰다. 둘은 바깥쪽의 벤치에 앉아 손뼉을 치며 웃다가 배를 잡고 껄껄거렸다. 단발머리와 하나로 묶은 머리가 모두 앞쪽으로 쏟아졌다. 그 얘기 한 번만 더 해봐. 진짜 그렇게 말했어? 진짜? 두 사람은 벤치에 앉아서 한참 동안 진짜?를 연발하며 웃었다. 경진은 아이스크림콘의 윗부분을 다 먹은 뒤 과자와 아이스크림을 같이 씹었다. 웃음의 내용은 몰라도 웃음의 기운이 공기 중에 퍼져나가는 것이 느껴졌다. 한 명이 일어나서 웃으며 뛰어가자 다른 한 명이 소리를 지르며 뒤따라갔다. 탁탁탁, 운동화를 신은 발이 바닥을 구르는 소리와 야, 왜, 하는 목소리가 멀어져갔다.

학생들이 가고 나자 벤치 주변에는 부드러운 고요와 어둠만 남았다. 경진의 얼굴에 번지던 웃음도 슬그머니 사라졌다. 경진은 한글 선생님에게 시간을 조금 앞당겨도 괜찮다고 말하지 못한 것이 마음에 걸렸다. 경진이 학습지 교사 일을 했을 때도 시간표와 동선을 짜는 게 가장 어려웠다. 이 집의 수업이 끝나고 저 집으로 가기 전에 십오 분이나 이십 분 정도 시간이 비면 여유롭다기보다는 어리둥절해졌다. 비는 시간을 주로 근린공원이나 오래된 아파트의 벤치에 앉아서 보냈다. 편안히 쉬거나 주변 풍경을 감상하는 것이 아니라 잠시 멈춰 대기하는 것이었다. 그 시간들은 자투리 천처럼 잘려나갔다. 그럴 때면 수업을 몰아서 해버리고 조금 일찍 퇴근할 수 있다면 좋겠다는 생각이 들었다.

과자 안에 든 아이스크림까지 다 먹고 나자 얇은 면 원피스를 입은 101동 여자가 검은 비닐봉지를 들고 걸어왔다. 대각선 방향의 벤치에 앉으며 경진을 보고 살짝 고개를 숙였다. 경진도 눈인사를 하며 의자에서 몸을 살짝 일으켰다. 열시에 나온 걸 보면 아이가 평소보다 일찍 잠든 모양이었다.

경진은 101동 여자를 볼 때마다 베란다에 내놓은 상자가 떠올랐다. 그 안에 은솔이 서너 살 때 입었던 옷과 장난감, 신발을 모아두었는데 양이 꽤 많았다. 버리기는 아깝고 팔자니 가격을 매기고 사진을 올리는 일이 번거로워 그냥 두고 있었는데 여자에게 주면 도움이 되지 않을까 싶었다. 필요하냐고 물어보고 싶은데 아직 그 정도로 가까운 사이는 아닌 것 같아 자꾸 미루게 되었다.

—일찍 자나봐요.

一네. 오늘은 낮잠을 한 번 건너뛰었어요.

　101동 여자는 비닐봉지에서 캔맥주를 꺼내 뚜껑을 땄다. 벙 벙한 면 원피스의 어깨 부분에 웃고 있는 뽀로로 스티커가 붙 어 있었다. 여러 번 빨아 약간 납작해진 뽀로로 인형이 경진의 베란다 상자 안에도 들어 있었다. 여자는 기다란 초록색 캔에 든 맥주를 천천히 마셨다.

　밤의 벤치에서 여자를 처음 본 건 석 달 전이었다. 3월 중 순, 긴 후드 원피스에 얇은 패딩을 걸친 여자가 경진의 맞은편 에 와서 앉았다. 그 자리에서는 아파트의 전경이 아니라 벤치 옆의 커다란 나무와 나뭇잎 사이의 어둠만 보였다. 여자는 주 위를 살피고 경진을 보더니 검은 비닐봉지에서 캔맥주를 꺼냈 다. 비닐이 구겨지는 소리가 나고 캔 따는 소리가 들렸다. 여 자는 갈증이 심한 사람처럼 맥주를 벌컥벌컥 마셨다. 어둠 속 에서 휴대폰 화면이 조명처럼 여자의 얼굴을 비췄다. 어깨까 지 오는 단발머리에 뺨이 통통한 여자는 이십대 후반이나 서 른 정도로 보였는데 눈가에 피로가 진하게 묻어 있었다. 봄이 이어지는 동안 두 사람은 밤의 벤치에서 여러 번 마주쳤다. 그 때마다 경진은 아이스크림을 먹고 있었고 여자는 비닐봉지에 든 맥주를 꺼내 마셨다. 서로의 존재가 신경쓰였지만 혼자 무 언가 먹는 모습이 경계심을 차차 누그러뜨렸다. 여름이 가까 워질수록 여자가 맥주를 마시는 속도는 느려졌고 경진도 아이스크림을 차분히 즐기게 되었다.

한 달 전 경진은 여자가 벤치에 놓고 갈 뻔한 휴대폰을 챙겨
주었고 그 일을 계기로 두 사람은 인사를 나누게 되었다. 경진
은 여자가 101동에 살고 두 돌이 조금 안 된 딸을 키우고 있다
는 것과 아이를 재운 뒤 벤치에 나와서 맥주를 마시는 밤의 시
간을 몹시 기다린다는 것을 알게 되었다.

—집에 있으면 쉬는 느낌이 들지 않아요.

여자는 아파트 주민들에게 자신의 모습을 보이기 싫어서 등
을 지고 앉으면서도 벤치에 나와 캔맥주 마시는 일은 멈추지
않았다. 경진도 다 먹은 아이스크림 포장지를 버릴 때면 입안
에 남아 있는 단맛 때문에 희미한 죄책감이 들었지만 달콤한
휴식을 포기하고 싶지는 않았다.

경진은 아이스크림 포장지를 손에 든 채로 여름밤에 번지는
나무 냄새를 맡았다. 앉아 있던 고양이 한 마리가 놀이터 쪽으
로 갔고 여자는 휴대폰을 보며 빈 캔을 만지작거렸다. 캔이 살
짝 우그러졌다 펴지는 소리가 새가 우는 소리처럼 들렸다. 경
진과 여자는 그렇게 잠시 앉아 있다가 일어났다. 서로를 향해
가볍게 고개를 숙인 뒤 여자는 101동으로, 경진은 103동으로
걸어갔다.

엘리베이터를 기다리다가 경진은 게시판에 붙어 있는 투표
안내 공고문을 보았다.

이번 입주자 대표 회의에서 중앙 주차장 쪽 오래된 벤치
와 그 옆의 대형 전나무 네 그루를 제거하고자 입주민 투표
를 실시하기로 의결하였습니다. 주민들은 동의하시면 경비
실 앞에 있는 동의 연명부에 서명하여주시기 바랍니다.

제거 사유
1. 태풍시 지반이 약하여 쓰러질 수 있어 위험함
2. 주차 공간을 확보할 수 있음
3. 벤치에서 소란을 피운다는 민원이 많음

과반수 동의시 집행 예정이며 작업 일정은 별도 안내하겠
습니다.

경진은 공고문을 한참 바라보았다. 내용의 순서가 묘했다.
2번의 주차 공간 확보를 위해 1번과 3번을 가져와 만든 것 같
았다. 경진은 공고문을 보고 있다가 휴대폰으로 사진을 찍었
다. 1번의 쓰러질 수 있는 것이 나무라는 건 알겠는데 누가 위
험해진다는 것인지는 모호했다. 지은 지 사십 년이 된 아파트
에는 지하 주차장이 없어서 늘 주차 공간이 부족하고 이중 주
차가 빈번했다. 정우도 늦게 퇴근하면 주차할 곳을 찾지 못해

아파트 단지를 여러 바퀴 돌았다. 그래도 주차 문제 때문에 나무와 벤치가 사라질 수 있다고 생각해본 적은 없었다.

3번의 내용은 사실이 아니었다. 경진이 이사온 뒤로 민원이 발생한 건 딱 한 번이었다. 작년 여름에 근처 고등학교 학생 둘이 벤치에서 술을 마시며 떠들어서 누군가 관리실에 신고했다. 학생들은 아파트 주민이 아니었고 경비원들이 제지하는데도 계속 소란을 피워서 인근 지구대에서 경찰이 출동했다.

평소에 벤치 주변은 작고 오래된 연못 같았다. 낮에는 나이 드신 분들이 앉아서 햇볕을 쬐고 저녁에는 운동하는 사람들이 잠깐 숨을 돌린 다음 일어났다. 봄이면 흙으로 된 바닥에 꽃잎이 떨어지고 비가 내린 뒤에는 벤치 아래 하얗고 노란 꽃가루들이 녹아 있었다. 여름에는 크고 진한 그늘이 생기고 가을이 되면 그 자리에 낙엽이 굴러다니거나 쌓였다. 바닥에 앉아 볕을 쬐던 고양이들이 사람들의 다리 사이를 지나가기도 했다. 경진은 오래된 벤치에 앉아 그런 것들을 보았다.

공고문 덕분에 벤치 옆을 지키는 크고 위엄 있는 나무들이 전나무라는 것을 알게 되었는데 그 나무들은 이제 주차 공간 확보 문제 때문에 사라질 위기에 놓여 있었다. 엘리베이터를 타고 십이층까지 가는 동안 땀이 마르고 시원해졌던 몸에 다시 열이 올랐다. 차고 달콤한 아이스크림을 한입 더 베어물고 싶었다.

다음날 경진은 엘리베이터를 타기 위해 하강 버튼을 누른
뒤 십이층 복도의 창문을 통해 밖을 내다보았다. 오후 네시에
도 여름의 햇빛은 아파트 단지에 뜨겁게 쏟아졌다. 주차된 자
동차들 옆으로 짧고 진한 그림자가 드리워졌고 군데군데 주차
자리가 비어 있었다. 개를 데리고 산책하는 사람과 유아차를
밀고 가는 사람이 보였고 그들 옆으로 그림자가 천천히 따라
갔다. 그 모든 것들이 초록색 나무들에 둘러싸여 있었다. 경진
은 등나무 벤치 쪽으로 시선을 돌렸다. 벤치 주변의 나무들은
꼿꼿했고 그 옆의 벤치는 6월의 햇빛 속에서도 시원해 보였
다. 경진이 자주 앉던 자리에 누군가 앉아 있었다. 자세히 보
니 은솔의 한글 선생님이었다.

아침에 어린이집에 가면서 은솔은 오늘도 선생님 오는 날이
면 좋겠다고 말했다. 한글 선생님은 수, 목 이틀 동안 이 아파
트 단지에 수업하러 왔다. 목요일에 하원한 은솔이 놀이터에
서 노는 동안 경진은 선생님이 101동에서 나와 102동으로 이
동하는 것과 102동 수업이 끝난 뒤 놀이터를 지나 103동으로
가는 것을 여러 번 보았다. 숄더백을 메고 한 손에 휴대폰을
든 채 빠르게 걸었고 다리보다 상체가 앞서 있어 누군가 앞에
서 잡아당기는 것 같았다. 수요일에는 수업이 아파트 단지에
서 끝나는 듯했고 목요일에는 오후 몇 타임만 이곳에서 하고

다른 곳으로 이동하는 것 같았다. 은솔은 선생님을 보면 멀리서도 선생님, 하고 부르며 손을 흔들었다.

엘리베이터에서 내리면서 경진은 공고문을 한번 더 확인했다. 현관을 출입하는 주민들은 공고문의 내용이 아니라 이르게 찾아오고 오래 지속된다는 더위에 대해 얘기했다. 장바구니를 들고 경비실 앞에 서 있던 나이 지긋한 할머니들도 다음주부터 장마라는데 103동 옥상 샌다고 하지 않았어요? 라고 묻거나 아파트가 오래돼놔서 다 시원찮아, 같은 말을 주고받았다. 경진은 아파트 정문으로 걸어가면서 등나무 벤치 쪽을 보았다. 공기가 뜨거워서 밖에 나온 지 몇 분밖에 안 됐는데 땀이 나기 시작했다. 벤치에 앉은 선생님이 홍보용 팸플릿으로 부채질을 하고 있었다. 검은색 긴바지에 흰 운동화를 신은 모습이었고 벌어진 가방 밖으로 교재 뭉치가 튀어나와 있었다. 경진은 십오 년 전 여름, 폭염과 장마 때 땀과 비로 축축해진 운동화를 신고 수업하러 다니던 자신을 떠올렸다. 덥고 쉽게 젖어도 발과 다리의 피로를 줄이기 위해서는 운동화를 신고 걷는 편이 나았다.

하원한 은솔을 데리고 아파트 안으로 들어왔을 때 등나무 벤치에는 할머니 한 분만 있었다. 굽은 어깨에 두 손으로 지팡이를 잡고 앉아 있는 모습이 작고 오래된 나무 같았다. 놀이터에서 아이들 노는 소리를 듣고 은솔이 경진의 손을 잡아끌었다. 해가 쨍한데도 아이들은 미끄럼틀 위를 뛰어다녔고 엄마들은 미니 선풍기를 든 채 시소 뒤의 그늘진 벤치에 앉아 있었다. 예닐곱 살 된 아이들은 땀이 나서 앞머리가 이마에 찰싹 달라붙었는데도 웃음소리가 청량했다. 은솔이 얘들아, 하면서 미끄럼틀 위로 뛰어올라갔다. 경진은 엄마들과 조금 떨어져 앉았다.

이 아파트에 이사온 지 몇 년 되었고 놀이터에서 은솔이 자주 뛰어노는데도 큰 소리로 웃는 아이들과 모여앉아 이야기를 나누고 있는 엄마들을 보면 오래전의 마음이 불쑥 올라왔다. 학습지 교사 일을 하던 시절, 일주일에 한 번씩 학생들의 집에 들어가서 수업하고 나올 때면 자신은 떠도는 사람이고 영원히 어떤 곳에 속하지 못하리라는 느낌을 받았었다. 그건 일시적인 감정인데도 경진을 쓸쓸하게 만들었다. 그만둔 지 십오 년이 지난 지금도 자신은 안정적인 세계에 속해 있지 않고 바쁘게 걸으며 어딘가에 도달하려 애쓴다는 기분이 몰려오는 순간이 있었다. 여전히 그런 감정이 드는 것이 의아했지만 그런 마음에 대해 경진은 누구에게도 말하지 않았다.

학습지 교사는 졸업 후 세번째 하게 된 일이었다. 경진은 구직 사이트에 쓰여 있는, 출퇴근이 자유롭고 일하는 시간을 조절할 수 있다는 설명에 끌려서 지원했다. 교사들은 수업 전에 사무실에 나와서 영업이나 수업에 관련된 교육을 받은 뒤 교재를 챙겨서 각자의 수업 지역으로 이동했다. 수업은 대체로 점심시간 이후에 시작되었다. 경진은 가는 길에 사무실 근처의 편의점에 들렀다. 대로변에 위치해 유동인구가 많고 규모가 큰 곳이었다. 안에는 온수기와 전자레인지가, 밖에는 음료회사의 로고가 찍힌 두 개의 파라솔과 플라스틱 의자 여덟 개가 놓여 있었다. 경진은 그 초록색 플라스틱 의자에 앉아 삼각김밥과 생수를 먹었다. 가장 싸고 간단하게 끼니를 때울 수 있는 메뉴였다. 한 개를 덤으로 얹어주는 행사가 있으면 두 개를 먹었고 그렇지 않을 때는 하나만 먹었다.

점심식사를 마친 회사원들도 들러서 음료수를 사거나 옆의 파라솔에 앉아서 커피를 마시며 이야기를 나눴다. 일행이 많을 때는 경진에게 양해를 구한 뒤 의자를 끌고 갔다. 그러면 경진은 가장 바깥쪽의 의자에 앉아 약간 차갑고 심심한 맛의 삼각김밥을 먹었다. 일정한 간격으로 서 있는 가로수나 그 나무의 가지에 앉아 있다 날아가는 새들을 보며 밥알을 씹었다. 체하지 않게 꼭꼭 씹었고 수업에 늦을까봐 서둘러 삼켰다. 서로의 이름을 부르며 유쾌하게 웃던 회사원들이 중간에 시간을 확인하곤 점심시간이 끝나는 걸 아쉬워하며 일어섰다.

점심을 해결하고 나면 경진은 편의점 건물의 공용 화장실에 들렀다. 여자 화장실은 세면대와 칸막이 문 사이가 좁아서 문을 여닫을 때마다 세면대 앞의 사람이 옆으로 비켜서야 했다. 거울의 오른쪽 윗부분은 칼로 벤 듯 깨져 있고 세면대에는 가느다란 금이 가서 틈마다 검은 곰팡이가 피어 있었다. 둘러보면 벽과 바닥의 타일에도 자잘한 균열이 많을 것 같았다. 경진은 왼손으로 숄더백의 끈을 붙잡은 채 거울과 세면대의 멀쩡한 부분을 보며 이를 닦고 입안을 헹구었다. 상가에서 나온 뒤에는 수업하는 지역으로 이동하기 위해 빠르게 걸었다. 팔다리가 앞섰고 마음이 마지못해 따라나섰다.

봄과 여름 내내 경진은 편의점 파라솔 아래 앉아 삼각김밥과 생수를 먹고 공용 화장실에서 이를 닦았다. 비 오는 날에는 편의점 안의 창가에 서서 접힌 파라솔과 한쪽에 쌓아둔 플라스틱 의자가 비에 젖는 걸 보며 점심을 해결했다. 수업을 하러 학생들의 집으로 이동하면서 경진은 평일 낮에 거리를 걷는 사람들이 다 자유로운 건 아니라는 사실을 알게 되었다. 세상에는 많은 직업과 다양한 형태의 노동이 있었고 이름만 들었을 때는 짐작하기 어려운 고충이 존재했다. 학습지 교사도 그런 일 중 하나였다. 어떤 일인지 대충 알고 있다고 생각했지만 교육을 받고 직접 수업을 하는 동안 경진은 자신이 이 직업에 대해 잘 모르고 오해하고 있었다는 걸 깨달았다.

학생들의 집 앞에서 벨을 누른 뒤 문이 열리기를 기다리는 동안 경진은 매번 가벼운 긴장감을 느꼈다. 신발을 벗고 집안으로 들어갈 때면 어깨가 경직된 상태로 살짝 숨을 참았다. 모든 집에는 고유한 냄새가 있었고 다 같은 구조의 아파트여도 사는 모습은 제각각이었다. 아무것도 보지 못했다는 듯 모르는 체하며 거실이나 방에 앉아 아이들을 가르치면서 경진은 자신이 하는 일이 무엇일까 생각했다. 십오 분이라는 짧은 시간 동안 아이들은 문제의 정답을 맞히기도 하고 이해를 못해 고개를 갸웃거리거나 지루해하며 딴청을 피우기도 했다. 그사이에 희미하게 보람이 느껴지는 순간과 버겁다는 마음이 같이 지나갔다. 이 집에서 나와 저 집으로 바쁘게 걸어간 뒤 앉아서 교재를 펴고 학생들이 문제를 푸는 모습을 지켜보다가 자신이 깜빡 졸았다는 걸 깨닫기도 했다.

여름에 경진의 가방은 무거워졌다. 교재 외에도 챙이 넓은 모자와 손수건을 챙겼고 선크림과 부채도 들고 다녔다. 땀이 많이 흘러 냄새가 신경쓰였고 장마철에는 신발과 양말, 바짓단까지 다 젖어서 학생들의 집에 들어가기가 민망했다. 신발을 벗고 축축한 발로 현관을 지나 방이나 거실로 들어갈 때마다 경진은 교재가 든 가방을 내려놓고 그 자리에 엎드려 자신이 남긴 흔적들을 문질러 닦고 싶었다. 그러나 아무렇지 않은 척 가방을 고쳐 메고 들어가 수업을 했고 그 물자국들이 빨리 마르기를 간절히 바랐다.

가을로 접어든 어느 날 교재가 든 숄더백을 메고 편의점에 도착했을 때 경진은 파라솔과 의자가 사라진 것을 보았다. 원래 아무것도 없었던 것처럼 편의점 앞은 말끔하게 치워져 있었다. 경진은 그 자리에 서서 파라솔이 있던 곳을 바라보았다. 그리고 한 블록을 걸어가 버스 정류장 앞의 분식집에 들어갔다. 창가에 앉아 김밥 한 줄을 주문했다. 인도로 사람들이 오가고 차도로 버스와 트럭과 승용차 들이 지나다니는 게 보였다. 비닐을 씌운 플라스틱 접시에 담긴 김밥 한 줄과 마른 파 두어 조각이 뜬 어묵 국물이 같이 나왔다. 경진이 김밥을 먹는 동안 손님들이 들어와 김밥을 한 줄 두 줄 포장해갔다. 사무실 근처에 편하게 앉아 쉴 곳이 있었다면 경진도 포장해갔을 것이다. 학습지 교사 일을 그만둘 때까지 경진은 그 분식집의 창가에 앉아 어묵 국물과 김밥 한 줄을 먹고 수업을 하러 갔다. 그뒤로 혼자 분식집이나 야외 벤치에 앉아 끼니를 때우는 사람들이 있으면 쳐다보지 않으려 애썼다.

벤치에 앉아서 아이스크림 포장지를 뜯으며 경진은 발목을 긁적거렸다. 모기 물린 곳이 금세 부풀어올랐다. 여름밤은 걷기 좋은데 모기 때문에 성가셨다. 지난밤과 달리 공기 중에 습기가 많았다. 경진은 가로등 아래 모여 있는 날벌레들과 그 옆에 늠름하게 서 있는 네 그루의 전나무, 오래되어 페인트칠이 벗어지고 나뭇결이 갈라진 벤치를 보았다. 전나무 옆으로 차들이 빽빽하게 주차되어 있었다.

지난밤에 정우와 식탁에 마주앉았을 때 경진은 공고문을 봤는지 물어봤다.

—엘리베이터 타면서 본 거 같은데.

정우는 잘라놓은 수박을 포크로 찍었다. 입에 넣더니 달다, 어디서 샀어? 은솔이 많이 먹었지? 하고 웃었다. 경진은 수박을 먹는 동안 빵빵해졌던 은솔의 볼과 과즙이 흐르던 입과 턱을 떠올렸다. 수박의 가장 달고 잘 익은 부분을 골라 은솔에게 주었고 나머지는 정우의 몫으로 남겨두었다. 은솔은 수박을 먹다가 손으로 입가를 쓱 닦더니 갑자기 수박을 한글로 어떻게 쓰는 건지 보여주겠다며 일어났다. 끈끈한 손으로 식탁과 의자와 탁자를 만졌고 종합장을 펴 색연필로 끄적거렸다. 엄마, 수박 이렇게 쓰는 거 맞지? 아닌가? 하고는 수밖이라고 썼다. 경진은 받침이 어렵다는 은솔에게 어떻게 설명해줘야 할지 알 수 없었다. 많은 아이들을 찾아다니며 한글을 공부시켰지만 은솔을 가르치는 건 어려웠다.

—회사 동료가 얼마 전에 새 아파트로 이사갔는데 살기 좋은가봐.

정우는 새 아파트 단지 내 피트니스 센터 얘기를 하며 경진이 밤에 그런 데서 운동하면 좋겠다고 했다. 경진은 산자락에 둘러싸인 아파트와 오래된 나무와 흙의 냄새를 맡으며 단지

안을 걷는 일에 대해 생각했다. 공고문의 문장들이 자꾸 끼어들었다.

　—누가 그런 생각을 했을까.

　무슨 생각? 하며 정우가 포크로 수박씨를 파냈다.

　—나무랑 벤치 없애는 거 말이야.

　주차 문제를 해결하려면 나무와 벤치를 없앨 게 아니라 주차 시스템을 정비하고 외부 차량과 방치된 차들을 관리하는 게 순서일 것 같았다. 정우가 수박을 입에 넣으며 고개를 끄덕거렸다.

　—차 댈 데가 없어서 몇 바퀴 돌다보면 아무 생각도 안 나.

　정우는 입을 오물거리다 휴지에 씨를 뱉었다. 경진은 자신이 밤마다 그 나무 옆 벤치에 앉아 있다가 온다는 얘기는 하지 않았다.

　아이스크림을 먹으며 경진은 101동 쪽으로 고개를 돌렸다. 일과를 마치고 101동으로 들어가는 사람들과 그 앞을 지나가는 사람들이 보였다. 같은 단지에 살지만 처음 보거나 모르는 얼굴들이었다. 101동 여자가 늦는 건지 아이를 재우다 그대로 잠들어버렸는지는 알 수 없었다. 경진은 아이스크림을 다 먹은 뒤 속으로 열까지 센 다음 일어섰다.

　다음날 밤에 경진은 편의점에 들르지 않고 벤치에 앉아 땀을 식혔다. 주머니에서 모기약을 꺼내 팔뚝과 발목에 발랐다. 갈색 털이 섞인 고양이 한 마리가 벤치와 나무 사이에 앉아 있었다. 101동 여자는 평소보다 늦게 벤치 쪽으로 걸어왔다. 눈인사를 건네더니 벤치에 앉았다. 검은 비닐봉지도 휴대폰도 없는 빈손이었다. 그저께 입었던 것과 비슷한 벙벙한 면 원피스 차림이었는데 어깨 부분에 붙어 있던 스티커는 보이지 않았다. 어둠 속에서 여자의 얼굴은 좀 불퉁해 보였다. 한쪽 발에는 브랜드 로고가 새겨진 흰색 슬리퍼를, 다른 쪽 발에는 자기 발보다 손가락 한 마디 정도 큰 남색 줄무늬 슬리퍼를 신은 채였다. 여자는 짝이 맞지 않는 슬리퍼 같은 건 아무래도 상관없다는 표정으로 어둠 속 어딘가를 응시했다.

　—오늘은 늦었네요.

경진의 말에 여자가 네, 하며 손으로 얼굴을 문질렀다. 벤치 옆을 천천히 지나가는 고양이의 배가 불룩했다. 경진은 배가 처진 고양이의 이동을 가만히 지켜보았다. 잠시 망설이다가 일어나, 여자에게 기다려달라고 말한 뒤 편의점 쪽으로 걸어갔다. 미니 펫숍 코너에서 캔 사료를 두 개 고르고 여자가 자주 마시던 초록색의 기다란 캔맥주와 자기 몫의 바닐라 아이스크림을 집어 계산대에 올려놓았다. 편의점 로고가 인쇄된 비닐봉지를 들고 벤치 쪽으로 걸어갔다. 멀찍이 보이는 풍경이 마치 커다란 워터볼 속 모형 같았다. 등나무 벤치는 의자

장식 같고 거기 앉아 있는 여자는 가지치기를 많이 한 나무 같았다.

경진이 캔맥주를 건네자 여자가 고개를 들어 맥주와 경진을 번갈아 쳐다보았다. 가로등 불빛이 여자의 얼굴 위로 흐릿하게 내려앉았다. 캔을 내미는데도 여자가 보고만 있어서 경진이 손에 쥐여주었다. 여자는 고개를 꾸벅 숙인 뒤 캔 뚜껑을 땄다. 목이 말랐던 것인지 빠르게 몇 모금 마셨다. 경진은 비닐봉지를 반으로 접은 뒤 캔을 따서 흰 살 참치와 닭가슴살을 부었다. 그것을 가로등 옆의 전나무 아래 두었다.

—고양이가 있었는데 어디 갔나보네요.

경진은 벤치에 앉아 표면이 살짝 녹은 바닐라 아이스크림을 베어물었다.

—낮에 보니까 사람들이 경비실 앞에서 서명하더라고요.

여자가 102동 앞에 불을 밝히고 있는 경비실 초소 쪽을 바라보았다. 경진도 공동 현관문을 드나들 때 경비실 앞에 사람들이 서 있으면 신경쓰였다.

—나도 봤어요.

경진은 공고문의 내용을 여러 번 읽어서 외울 지경이었다.

—전나무는 크리스마스트리로 쓰는 건데.

여자는 오랜 세월 자란 나무가 아깝다고 했다. 경진은 고개를 돌려 나무를 보았다. 키가 크고 잎이 푸른 나무들은 상황이나 사정과 상관없이 굳건하게 서 있었다. 여자도 네 그루의 나무를 둘러보았다. 사십 년 동안 자리를 지킨 나무와 벤치가 없어질 수 있다는 게 실감나지 않았다. 고양이가 다가와서 사료의 냄새를 신중하게 맡았다. 네 그루의 나무를 보며 경진은 아이스크림을 먹고 여자는 맥주를 마시고 고양이는 사료를 먹었다.

여자가 손을 내저어 모기를 쫓았고 사료를 먹는 고양이는 두 마리로 늘었다.

―맥주 잘 마셨어요. 고마워요.

여자가 일어서서 고개를 살짝 숙이더니 짝이 맞지 않는 슬리퍼를 신고 101동 쪽으로 걸어갔다. 경진은 여자의 뒷모습이 어둠 속에서 점점 작아지는 것을 보았다. 옷과 장난감 얘기 꺼내는 걸 또 잊었다. 열한시가 되니 운동하는 사람이나 귀가하는 사람이 없어 벤치 주변은 더 고요해졌다. 경진은 103동으로 걸어가다 뒤를 돌아보았다. 나무와 벤치가 같이 있는 풍경이 언제까지나 거기 있기를 바라며 워터볼 속에 담아두었다.

학습지 일을 그만둘 때 경진은 지국장에게 건강이 안 좋아져서 쉬겠다고 했다. 먼저 퇴사한 교사들이 그렇게 말해야 그만두는 게 수월해진다고 알려주었다. 영업이 힘들다거나 수업하는 지역이 넓어서 이동하는 게 힘들다고 얘기하면 대안을 제시한 뒤 붙잡는다고 했다. 구체적인 불만은 일을 계속할 때 말하는 거라고 했다.

지국장은 점심시간 전에 경진을 데리고 사무실 근처의 카페로 갔다. 새로운 기수의 교사들이 발령받은 시점이라 지국 안의 분위기는 활기찼고 지국장은 그런 곳에서 퇴사에 대해 얘기하는 게 신경쓰이는 듯했다. 카페는 경진이 삼각김밥을 먹던 편의점과 김밥을 먹는 분식집 사이에 있었는데 사무실에 출근하거나 수업하러 갈 때마다 지나가기만 하던 곳이었다. 점심시간 전인데도 사람이 많아 실내에 빈자리가 없었다. 두 사람은 야외 테이블에 앉아 음료를 주문했다. 초여름의 햇볕이 내려앉아 탁자와 의자가 따뜻했다. 지국장이 아포가토가 맛있는 곳이라고 해서 경진도 그걸 주문했다. 아이스크림과 에스프레소가 나오자 지국장이 에스프레소를 바닐라 아이스크림 위에 부었다. 경진도 그대로 따라 한 뒤 스푼으로 떠먹었다. 달콤하고 쌉쌀하고 따뜻하면서 차가운 맛이 났다.

지국장은 경진이 그만두는 걸 아쉬워하면서도 퇴사를 만류하지는 않았다. 인수인계가 끝날 때까지 다른 선생님들에게 퇴사에 대해 얘기하지 말고 잘 마무리해달라고 부탁했다. 지국장 앞에 놓인 유리그릇 속 아이스크림이 커피 아래로 천천히 녹아내렸다. 지국장은 티스푼으로 커피만 몇 번 떠먹었다.

지국장이 먼저 사무실로 돌아간 뒤 경진은 야외 테이블에 앉아서 약간 녹은 아이스크림과 커피를 떠먹었다. 맛의 조합이 완벽했다. 학습지 교사를 하며 네 개의 계절을 보내는 동안 야외에서 무언가 먹는 일이 편안한 건 처음이었다. 새로운 장소에서 만나는 메뉴, 계절과 시간, 상황이 색다른 감흥을 만들어냈다. 그만두겠다고 말한 뒤에야 경진은 자신이 했던 일을 차분히 돌아볼 수 있었다. 잘 모르고 가본 적이 없는 동네를 찾아가 학생들의 집을 방문했고 수업시간에 맞추기 위해 빠르게 걷거나 뛰었다. 교육에 대해 잘 모르면서 한글이나 수학을 가르쳤고 새로운 수업을 권유하거나 학습 상담도 했다. 수업을 그만두겠다는, 돈이 아깝다는 얘기도 들었다. 경진은 선생님이기 이전에 집까지 학습지를 배달하는 사람이었고 영업을 못해서 수업이 줄어들면 눈치가 보이고 월급이 줄었다. 보람과 모욕이 하나의 그릇 안에서 녹아내렸다.

일을 그만둔 뒤에도 경진은 걸으면서 나무를 보고 공기 중에 섞인 비의 냄새를 맡던 예전의 자신으로 좀처럼 돌아가지 못했다. 정해진 시간 안에 어딘가에 도착해서 무언가 해야 할 것 같은 강박에 시달렸다. 나무 하나를 찬찬히 보며 걷게 되기까지 시간이 오래 걸렸다.

놀이터에서 돌아오자마자 샤워를 한 뒤 은솔은 머리가 젖은 상태로 앉아 한글 교재를 펼쳤다. 빈칸을 다 채우지 않아도 된다고 말해주어도 고개를 저으며 연필을 쥐고 받침 글자를 써넣었다. 선생님이 괜찮다고 하셨어, 경진이 말하자 종합장 뒷면을 펴서 색연필로 그린 강아지와 고양이, 곰, 만화 캐릭터를 보여주었다. 우리 선생님 너무 잘 그리지? 숙제 다 하면 선생님이 캐릭터를 하나씩 그려준다고 했다. 은솔은 자신이 좋아하는 그림이 무엇인지 순서대로 짚었다. 우리 아이가 선생님을 좋아해요, 선생님 오는 날만 기다려요, 예전에 학부모에게 그런 말을 들었을 때 경진은 예의상 하는 얘기라고 생각했었다.

금요일쯤 시작된다던 장마가 수요일 오전부터 시작되었다. 집으로 돌아가는 길에 은솔은 일부러 빗물이 고인 웅덩이 쪽으로 걸었다. 우산을 쓰고 장화를 신은 발로 물에서 폴짝거렸다. 발이 젖지 않는다는 걸 아는 아이는 겁없이 움직였고 맨발에 슬리퍼를 신은 경진도 빗물을 신경쓰지 않고 걸었다. 장마는 이제 시작이었고 아직 습기 때문에 고통스럽지는 않았다. 아파트 안으로 들어가려는데 등나무 벤치에 한글 선생님이 우산을 쓰고 앉아 있는 게 보였다. 긴바지에 운동화 차림으로 음료를 마시고 있었다.

은솔은 글씨 쓰기에 부쩍 재미를 느꼈다. 하고 싶은 말을 색종이에 써서 방문과 냉장고, 거울, 신발장에 테이프와 풀로 붙여두었다. 기여운 은솔이 방. 조금만 먹어요. 문 조심. 어린이집에서 가져온 활동지에는 '여름에 일어나는 일'을 몇 가지 적어넣는 칸이 있었고 은솔은 1번에 비가 내렫다, 라고 썼다가 내렸다, 라고 고쳤다. 다시 한번 생각해보자는 경진의 말에 ㅅ을 하나 더 붙인 뒤 맞아? 하고 물었다. 그리고 2번에 수박은 맜있다, 라고 썼다. 경진은 '맜'을 쳐다보다가 더 생각해보자고 하지 않고 그대로 두었다.

경진은 거실 에어컨을 제습으로 설정한 뒤 탁자 위에 얼음물과 수건을 올려놓았다. 현관을 살펴보다가 발 매트와 스펀지 소재의 실내화를 놓았다. 선생님은 늘 방문하는 시간에 벨을 눌렀다. 들어오면서 빗물이 떨어지는 우산을 현관 구석에 세워두었다. 운동화를 벗으면서는 잠시 머뭇거리는 것 같았다. 경진은 선생님, 잘 부탁드려요, 라고 인사한 뒤 서둘러 방으로 들어갔다. 침대에 앉아 있으니 거실에서 선생님과 은솔의 말소리, 웃음소리가 났다. 팔이 접힌 부분에 금세 땀이 찼다.

장마가 일주일 넘게 이어졌고 습기는 생활을 눅눅하게 만들었다. 뉴스에서는 태풍의 위력이 강하지 않을 거라고 했지만 바람을 동반한 비가 내릴 때마다 경진은 공고문의 문구처럼 나무들이 있는 지반이 약해질까봐 걱정되었다. 은솔을 어린이집에 데려다주고 오는 길과 데리러 가는 길에 우산을 쓰고 거리를 천천히 걸었다. 아파트와 상가 건물, 차도와 아스팔트 위로 내리는 비와 가지마다 초록색 잎이 무성한 나무들 위로 내리는 비는 다르게 보였다. 도시 구조물들은 젖을수록 칙칙해 보이는데 나무들은 싱그러운 색감과 냄새를 더했다.

집에 돌아와 소파에서 밖을 내다보면 베란다 창문에 세상이 어룽거렸다. 경진은 온습도계의 숫자들을 확인하며 에어컨과 제습기를 끄거나 켰고, 세탁이 끝난 빨래를 건조기에 돌린 다음 꺼내서 바싹 마른 옷들의 냄새를 맡았다. 양말 짝을 맞추며 이런 날씨에도 수업을 하러 다닐 한글 선생님의 운동화와 양말을 잠시 떠올렸다. 저녁에는 부침개를 노릇노릇하게 구웠고 마트 주문을 최대한 미뤘다. 산책을 나가지 못하는 밤이 길어졌다. 경진은 우비를 입고 나가서 걸을까 하다가 거실에 요가 매트를 깔고 그 위에서 스트레칭을 했다. 샤워를 하고 난 뒤에는 소파에 앉아 창밖을 쳐다보며 은솔과 아이스크림을 하나씩 먹었다. 은솔이 활동지에 '비가 또 내렸다'라고 썼다.

장마가 끝난 뒤 경진의 가족은 여름휴가를 떠났다. 휴가에서 돌아온 경진이 밤의 산책에서 마주한 건 나무와 벤치가 아니라 몇 대의 자동차들이었다. 원래 주차장이었던 것처럼 자연스럽게 자동차 세 대가 주차되어 있었다. 경진은 그 자리에 가만히 서 있었다. 뿌리를 내리고 오랫동안 살아온 전나무 네 그루가 어디로 갔는지, 모였다 흩어지던 고양이들의 집회는 어떻게 됐는지 알 수 없었다. 101동 여자의 맥주 마시던 밤과 자신의 차갑고 달콤한 휴식에 대해서도 생각했다. 벤치와 나무가 아니라 다른 것이 사라진 것 같았다.

한낮에 번화한 거리를 걸을 때면 아직도 오래전 그 편의점의 파라솔과 분식점의 창가 자리가 떠오르고 거기 앉아 밥을 먹고 숨을 돌리던 자신이 생각났다. 어떤 시기의 자신을 거기에 두고 온 것 같은 기분이 들었다. 경진은 밤의 벤치에도 자신의 일부를 두고 왔고 그것이 영영 사라져버렸음을 깨달았다. 그리고 그것에 대해 누구에게도 말하지 못하리라는 걸 알았다.

그것으로 충분한 밤

마지막 차가 골목을 빠져나가자 유선은 허공에 대고 흔들던 손을 내렸다. 종우도 두 손을 주머니에 넣었다. 두 사람이 몸을 돌리는 것으로 식탁에서부터 이어지던 길고 요란한 작별인사가 끝났다.

　주택가는 깊은 새벽을 맞은 것처럼 고요해졌다. 이제 막 열시가 지났고 연휴도 하루 더 남았는데 나이든 사람들이 많이 사는 빌라 단지의 창문들은 대부분 불이 꺼져 있었다. 유선과 종우의 집에만 불이 환하게 켜져 있어 이층과 복층 공간이 커다란 라이트 박스처럼 보였다. 가로등 주변을 맴돌던 벌레들이 유선의 팔에 들러붙었다. 9월 말인데도 여름밤의 정취가 남아 있어 맨살에 닿는 공기가 뜨듯했다. 유선과 종우는 서로의 얼굴을 잠시 쳐다본 뒤 빌라의 공용 현관문 안으로 들어갔다.

노부부가 사는 일층은 거실에 미등을 켜두어 빈집 같지 않았다. 연휴가 시작되기 며칠 전에 노부인은 누수 탐지 기사와 함께 유선의 집을 방문했다. 탐지 기사가 거실과 베란다, 주방 벽을 살펴보는 동안 노부인은 유선에게 며칠 여행을 떠났다가 연휴가 끝나면 돌아올 거라고 했다. 말투는 차분했지만 이 집 어디에 문제가 있는지 알아내야겠다는 듯 눈동자를 부지런히 움직였다. 노부인이 말할 때마다 유선은 고개를 끄덕거리면서 아, 그렇군요, 라고 대꾸했다. 여행 간다고 우리 아저씨는 검 버섯도 뺐어요. 노부인은 여행에 대해 좀더 얘기하고 싶어하는 것 같았으나 유선은 아무 질문도 하지 않았다. 호텔과 면세점과 패키지 얘기를 들으며 기사의 표정을 살폈다. 그의 진단에 따라 벽이나 바닥을 뜯게 될 수도 있었다. 누수 탐지 기사는 유선에게 명함을 건네며 거실은 물을 쓰는 공간이 아니라 원인을 알아내기 더 까다롭다고 했다. 노부부가 여행에서 돌아오면 본격적인 누수 탐지가 시작될 것이다.

실내용 슬리퍼를 신고 거실로 들어가며 유선은 바닥에 떨어진 쿠션들을 집어 소파 위에 올려놓았다. 종우의 대학 친구들과 그들의 아이들이 소지품을 모두 챙겨 돌아갔는데도 집안은 손님들을 맞기 전과 달리 어수선했다. 거실 카펫이 오른쪽으로 살짝 틀어져 있어 바로잡으려다, 유선은 카펫 위에 놓인 쿠키 접시만 들고 주방으로 갔다.

주방에는 방금 전까지 술과 디저트를 즐기던 분위기가 희미하게 남아 있었다. 식탁 위에 놓인 휴대폰에서 음악이 계속 흘러나왔고 종우는 멜로디를 흥얼거리며 빈병들을 모았다. 유선은 주방을 환기시키려고 싱크대 뒤쪽 창문을 열었다. 에어컨 전원을 끈 다음 인덕션 옆에 둔 향초에 불을 붙였다. 유선이 원피스의 7부 소매를 걷어올리고 음식물 쓰레기를 한곳에 모으는 동안 종우는 남은 음식들을 통에 담아 냉장고에 넣었다. 식탁 위의 그릇들을 싱크대로 옮기고 난 종우가 선우 좀 보고 올게, 하고 거실 옆에 난 계단으로 올라갔다. 유선은 잠시 동안이지만 자신이 선우를 잊고 있었다는 사실에 놀랐다. 종우의 친구들이 돌아갈 때 아이들도 데리고 갔으니 선우가 혼자 있는 게 당연한데 여전히 이층에서 같이 놀고 있을 거라고 생각한 것이다.

유선은 손님들과 있을 때 풀고 있었던 머리를 손으로 모았다. 싱크대 서랍에서 꺼낸 노란 고무줄로 여러 번 돌려 묶었다. 땀이 났다가 마르기를 반복한 목덜미가 끈끈했다. 종우가 놓고 간 휴대폰에서 그가 대학 시절에 즐겨 불렀다던 노래가 흘러나왔다. 이십 년 전 곡인데 최근에 리메이크되어 인기를 얻는 중이었다. 대학 친구들은 종우가 공강 시간에 과방에서 기타를 치며 노래를 불렀고 술에 취하면 노래하면서 집까지 걸어갔다고 했다. 서정적인 포크송을 들으며 유선은 자신이 이십대 초반의 종우에 대해 아는 것이 거의 없다는 걸 깨달았다. 그것이 다 지난 시절의 일이고 지금의 종우에게 남아 있지 않은 것인데도 조금 울적해졌다.

유선은 키친타월을 뜯어 요리를 데웠던 냄비와 웍, 소스가 묻은 커다란 볼을 닦아내고 그 안에 물을 부었다. 원피스의 배부분에 튄 물을 털어냈다. 외출복 중에서 사이즈가 넉넉한 셔츠형 원피스를 입었는데도 아랫배에 붙은 살이 두드러졌다. 유선은 식탁 위에 술과 조각 케이크, 치즈와 크래커, 견과류가 든 접시만 남겨두었다.

이층에서 내려온 종우는 저녁 내내 자신이 앉았던 의자에 다시 앉았다. 허리를 조절하는 끈을 풀어 바지를 느슨하게 만들었다. 네이비색 리넨 셔츠의 배 부분과 흰색 면바지의 허벅지 쪽에 가로 주름이 여러 줄 잡혀 있었다. 사십대를 지나면서 종우는 꾸준히 살이 붙어 몸이 무거워지는 것을 느꼈다.

— 선우는 잠들었어.

— 오늘 신나게 놀았나봐.

— 좀 쉬었다 치우자. 내일도 쉬는데.

종우는 남은 와인을 자신이 쓰던 잔에 따랐다. 침대로 안아 옮겼을 때 뒤척이던 선우의 몸과 손과 입에서 나던 달콤한 냄새가 떠올랐다. 저녁 내내 아이들은 초콜릿과 젤리를 잔뜩 먹고 위층에서 흥분 상태로 뛰어다니거나 소리를 지르며 게임을 했다. 손님들이 와 있는 동안 선우는 한 번도 엄마 아빠를 찾으러 아래층으로 내려오지 않았다. 먹을 것과 마실 것, 놀 친구들이 모두 위층에 있었다.

종우는 유선의 잔에도 와인을 따랐다. 친구들과 즐기던 분위기를 이어 오랜만에 유선과도 시답잖은 농담을 하고 웃으며 취하고 싶었다. 이 집으로 이사하기까지 유선과 종우에게는 상의하고 결정해야 할 문제들이 많았다. 선우는 커나가고 부모님은 연로해서 자주 아팠으며 이사 과정은 복잡했다. 많은 밤 동안 두 사람은 그런 것들에 대해 얘기했고 하나하나 해결해나갔다. 그리고 이제 그런 밤들은 다 흩어져버렸다. 종우는 시간이 흐른 뒤에도 기억할 만한 밤이 있었으면 좋겠다고 생각했다.

유선과 연애할 때 같이 본 영화의 주제곡이 흘러나오자 종우가 휴대폰의 볼륨을 높였다. 유선이 손의 물기를 닦으며 종우의 맞은편에 앉았다. 부엌 안에 향초가 타는 냄새가 퍼졌다. 에어컨을 껐더니 창문을 열어두었는데도 더위가 가시지 않았다. 유선은 목 부분의 단추를 하나 더 풀었다.

— 여름이 너무 기네.

— 맥주 꺼내줄까.

— 이거면 됐어.

— 마셔. 우리 오늘은 좀 취해도 돼.

유선과 종우는 건배한 뒤 와인을 마셨다.

— 연휴라 다들 어디 갔나봐. 동네가 너무 조용해.

종우가 하루 남은 연휴를 어떻게 보낼지 이야기했다.

— 오랜만에 나가서 바람 좀 쐴까. 그동안 집에만 있었잖아.

집이라는 단어를 듣자마자 유선은 다시 누수를 떠올렸다. 노부인이 찾아와 그 집에서 물이 새나봐요, 라고 말한 뒤로 설거지나 샤워를 하다가도 물이 새는 곳이 어디인지 알아내고 싶어 주위를 둘러보곤 했다. 종우의 친구들과 저녁 시간을 보내는 동안에는 누수 생각을 잠시 잊었다.

— 내일 뭐 할지는 좀 생각해보자.

유선은 피스타치오를 하나 집어먹은 뒤 왼쪽 팔뚝을 만지작거렸다. 언제 물렸는지 살갗이 부풀어올라 간지러웠다. 여름이 기니 모기가 기승을 부렸다. 주방에도 바르는 약을 가져다두었는데 보이지 않았다.

밖에서 젊은 남녀가 큰 소리로 웃었다. 남자가 외치는 것같이 웃는다면 여자는 뒤로 넘어갈 듯한 소리를 냈다. 둘 다 점점 음이 높아지고 볼륨이 커졌다. 웃음 끝에 여자가 정말 그렇게 할 거야?라고 묻자 남자가 당연하지, 라고 했다. 남자의 말에 두 사람은 다시 꺅꺅꺅, 와하하, 크게 소리내어 웃었다. 목소리가 너무 커서 마치 창문에 대고 외치는 것 같았다.

— 지나가는 사람들인가?

유선은 물린 곳을 긁적거리며 약통에서 여름 내내 발랐던 물약을 꺼내왔다. 약이 잘 나오지 않아 여러 번 덧발라야 했다.

— 둘 다 많이 취한 것 같은데.

— 이 동네 사람들은 아닌 것 같지.

— 뭐가 저렇게 좋을까.

종우가 창문 쪽으로 고개를 돌리며 슬쩍 웃었다.

유선은 저녁때 여섯 명의 남녀가 식탁에 둘러앉아 먹고 마시며 웃었을 때도 저런 소리가 났었는지 궁금해졌다. 종우의 대학 동기들과 부부 동반으로는 몇 번 만났지만 이번처럼 남자들이 애들만 데리고 집으로 오거나 두 명의 이혼 남녀가 합류한 것은 처음이었다. 종우는 어쩌다보니 상황이 그렇게 되었다고 했다. 유선과는 초면이었지만 이혼 남녀는 오래된 친구들의 친근한 분위기 속으로 쑥 들어와 한 자리씩 차지했다.

유선은 크레이프 케이크가 담긴 접시를 자기 앞으로 끌어당겼다. 반년 전에 이혼했다는 여자의 이름은 진희였고 그녀가 밀크 크레이프 케이크를 가져왔다. 크레이프 케이크를 꺼내면서 그녀는 끝내주게 맛있는데 혼자 살면 이런 걸 먹을 일이 없다며 여덟 조각으로 잘라 접시에 나눠 담았다. 접시를 받은 종우와 친구들은 크레이프 케이크를 먹는 방식에 대해 얘기했다. 포크로 한 장씩 떼어 돌돌 말아 먹는 것이 정석이라는 사람들과 다른 케이크처럼 세로로 잘라 먹는 것이 더 맛있다는 사람들로 나뉘었다. 그들이 포크를 들고 케이크에 대해 얘기하는 동안 유선은 진희가 두른 스카프를 유심히 보았다. 베이지색 바탕에 네이비색 명품 브랜드 로고가 새겨진 트윌리 스카프는 진희의 얼굴과 잘 어울렸고 가늘고 긴 목에 생기기 시작한 주름을 효과적으로 가려주었다.

유선은 자기 몫으로 받아두었던 크레이프 케이크를 포크로 잘라 먹었다. 그다음에는 한 장을 떼어내 포크로 돌돌 말아 입에 넣었다. 종우는 치즈 조각을 우물거리며 이혼한 친구가 대학 때 얼마나 웃기는 놈이었는지에 대해 얘기했다.

—걔가 눈병에 걸렸는데 안대가 없다고 학교에 물안경을 쓰고 온 놈이야. 당신이 그걸 봤어야 했는데.

물안경을 썼다는 그 친구는 식사를 하다가 흰색 티셔츠에 라자냐 소스가 점점이 튀었는데 신경쓰지 않고 쓱 문질렀다. 유선은 그것이 옷에 스며들어 얼룩지는 것을 보았다.

저녁 내내 친구들은 이혼한 두 사람을 엮어보려고 말도 안 되는 농담을 했고 농담의 주인공들은 질린다는 표정으로 손이나 고개를 저었다. 종우는 평소보다 말이 많았고 유치한 표정을 지으며 큰 소리로 웃었다. 유선은 두 사람이 아니라 종우를 유심히 살폈다. 흰머리가 늘어 반백에 가까웠고 웃을 때마다 휘어지는 눈꼬리에 여러 개의 주름이 잡혔다. 턱을 만지작거리거나 셔츠의 소매를 걷어올리는 모습에서 가벼운 흥분이 전해졌다.

유선은 케이크 한 조각을 다 먹기에는 늦은 시간이라고 생각하면서도 포크를 내려놓지 못했다. 진희의 말대로 끝내주게 맛있는 케이크였다.

종우가 친구에 대해 말하는 동안에도 창밖의 웃음소리와 웃느라 뭉개진 말들은 소란스럽게 이어졌다. 여자가 노래를 시작하자 남자가 따라 부르면서 소음의 종류가 바뀌었다. 유선과 종우도 잘 아는 오래된 사랑 노래였다. 도입부에서는 감정을 잡더니 후렴 부분에서 두 사람 모두 고음을 내질렀다. 맙소사. 유선은 이 집에서 물이 샌다는 노부인의 말을 들었을 때처럼 당황스러웠다. 남자의 목소리가 갈라지면서 음을 이탈하자 여자가 깔깔거렸다. 이 새끼 노래 존나 못하네, 이 좋은 노래를 다 망치고 있어.

유선과 종우는 잔을 든 채로 서로의 얼굴을 쳐다보았다. 예전에 살던 아파트에서는 밤에 종종 취객의 술주정 소리가 들렸지만 이 집에서는 처음이었다.

—왜 여기서 노래를 부르는지 모르겠네.

—예전에는 술 마시고 길에서 노래 많이 불렀는데.

—거긴 대학가였지. 여긴 주택가야.

종우가 장난스럽게 던진 말은 네트 너머로 나아가지 못하고 바닥에 떨어졌다. 노래 한 곡이 끝나자 마치 예약해둔 듯이 남녀가 새로운 노래를 부르기 시작했다. 먼 곳의 누군가에게 전달하기로 작정한 것처럼 목청을 돋우었다.

　—둘 다 진짜 못 부르네.

　종우가 휴대폰의 음악을 껐다. 목소리와 말투는 이십대 같은데 남녀는 유선과 종우가 이십대였을 때 유행한 노래를 계속 부르고 있었다.

　—경찰에 신고해야 하나?

　—조금만 더 있어보자.

　—선우 깨면 어떡해.

　유선은 잠깐 선우에게 가보겠다며 거실을 지나 복층으로 가는 나무 계단을 올라갔다. 노래방에서 방문을 열고 나와 복도를 걸을 때처럼 노랫소리가 조금씩 뭉툭해졌다. 무언가 흘렀다 마른 듯 마룻바닥이 끈적거렸다.

　선우는 벽 쪽으로 몸을 돌린 채 자고 있었다. 손님들을 맞느라 입힌 셔츠와 면 반바지 차림 그대로였다. 빌라 밖의 가로등 불빛이 방안에 흐릿하게 내려앉았고 남녀의 노랫소리는 공기 중에 아슬아슬하게 떠 있었다. 유선은 이중창을 차례로 닫았다. 선우의 옷을 갈아입혀보려고 다리를 살짝 잡았는데 발바닥에 갈색 얼룩이 진하게 묻어 있었다. 바닥의 매트에도 같은 얼룩이 몇 개 보였다. 고개를 숙여 들여다보니 초콜릿이 녹았다가 굳은 듯 단내가 났다. 유선은 선우가 입은 셔츠의 단추만하나 더 풀어주었다.

유선은 아이들이 모여서 놀던 방에 가보았다. 만화책과 과자 봉지, 리모컨이 바닥에 어지럽게 흩어져 있었다. 컴퓨터 전원을 끄고 과자 봉지와 빈 컵들을 쟁반에 담았다. 아래층으로 내려가려다 복층 거실의 빈백 소파에 잠시 앉았다.

한창 술자리의 분위기가 무르익었을 때, 유선은 아이들에게 줄 과일을 들고 복층에 올라왔었다. 선우는 한 살 많은 형과 나란히 앉아 게임을 하고 있었고 여자아이 둘은 초코볼을 먹으며 유튜브를 봤다. 한 아이는 그 옆에서 팝콘을 먹으며 만화책을 읽고 있었다. 선우는 어깨를 들썩거리며 형이 하는 말을 따라 했다. 누구도 유선이나 유선이 가지고 온 과일에 관심을 보이지 않았다. 유선은 아이들의 머리를 차례로 쓰다듬은 뒤 과일 접시를 테이블 위에 올려놓았다. 얘들아, 필요한 게 있으면 아래층의 식탁으로 오면 돼, 알았지? 네. 아이들은 유선을 쳐다보지 않고 건성으로 대답했다.

아래층으로 내려간 유선은 주방과 식탁 쪽을 슬쩍 보았고 그들의 얘기가 아직도 대학 때 갔던 엠티에 머물러 있음을 확인했다. 유선이 과일 접시를 들고 복층으로 올라가기 전에 그들은 한 친구가 술에 취해 캠프파이어에 뛰어들 뻔한 일과 둥

그렇게 모여 앉아 술 게임을 하던 것, 기타 치며 부르던 노래와 그러는 동안 손을 잡고 사라진 몇 사람에 대해 얘기했다. 누군가 그 밤으로 다시 돌아갈 수 있다면, 이라고 하자 종우는 고개를 끄덕이고 나머지 두 사람은 그러고 싶지 않다며 고개를 저었다. 유선은 그 분위기와 기분이 무엇인지 알 것 같았지만 완전히 알 수는 없어 가만히 있었다.

유선은 손님들이 있는 식탁 대신 침실의 드레스룸으로 들어갔다. 와하하, 하는 웃음소리가 아주 먼 데서 나는 것처럼 느껴졌다. 유선은 옷장 문을 열고 가운데 작은 서랍에서 둥글게 말아놓은 스카프를 꺼냈다. 그것을 펼쳐서 유심히 살펴보았다. 두 달 전 결혼기념일 저녁에 종우가 명품 브랜드의 로고가 들어간 쇼핑백을 들고 귀가했을 때, 유선은 몰래카메라가 아닐까 생각했다. 종우는 그날 거래처 미팅 때문에 백화점에 들렀는데 쇼윈도에 걸려 있는 이 스카프가 눈에 띄었다고 했다.

—당신한테 잘 어울릴 것 같았어.

유선은 그가 명품 매장의 쇼윈도를 눈여겨보았다는 것과 즉흥적으로 비싼 물건을 샀다는 것에 놀랐다. 기념일마다 두 사람은 계획적이고 합리적인 방식으로 선물을 주고받았다. 유선은 종우가 미리 얘기했던 무선 이어폰을 건넸다. 포장을 뜯으며 종우는 오, 하고 웃었다.

—지금 쓰는 건 페어링이 자꾸 끊겨서 불편했어.

식탁에 앉아 종우는 이어폰을 연결해보더니 다시 오, 하며 웃었다. 유선이 말했던 건 발이 편한 드라이빙 슈즈였다. 유선은 얼떨떨한 심정으로 스카프를 만지작거렸다. 의자에 몸을 기댄 채 새 이어폰으로 음악을 듣는 종우의 입술이 위아래로 살짝 벌어졌다. 매장에 들어가 스카프를 가리키며 포장을 부탁했을 모습을 그려보자 얼떨떨함이 차츰 고마움으로 바뀌었다. 선우가 잠든 뒤에 유선과 종우는 와인을 한 병 땄고 결혼 십이 주년을 기념했다. 선우가 커서 떠나고 나면 일층 노부부처럼 고요하게 나이들어가자고 이야기했다.

그 스카프를 다시 만지기만 했는데도 유선은 감정을 주체하기 힘든 상태가 되었다. 종우가 선물한 스카프는 백화점이나 인터넷 쇼핑몰에서 누구나 구입할 수 있는 상품이고 똑같은 걸 가진 사람이 전 세계에 몇백, 아니 몇천 명쯤 될 것이었다. 막상 유선은 목이 짧아 트윌리 스카프가 어울리지 않았고 그것을 한 번도 하고 나간 적이 없었다. 스카프의 문제가 아니라는 걸 알면서도 유선의 마음은 다른 쪽으로 미끄러졌다. 스카프를 손에 꼭 쥔 채 유선은 울지 않으려고 애썼다.

유선이 식탁으로 돌아갔을 때 종우와 친구들은 술과 디저트를 먹으며 노래를 부르고 있었다. 종우가 유선에게 얼른 와서 앉으라고 손짓했다.

유선이 빈백 소파에서 일어나 내려가보니 바깥의 소란이 그쳐 있었고 주방 너머에서는 아무 소리도 들리지 않았다. 공기 중에 향초 타는 냄새와 음식 냄새가 남아 있고 종우의 잔은 비어 있었다.

—조용해졌네.

—……친구들이 연말에 우리집에서 또 모이자는데.

종우가 손으로 휴대폰 화면을 넘겼다.

—다음에는 와이프도 데리고 오겠대.

메시지 창을 보는 종우는 기분이 좋아 보였다.

단독주택형 빌라로 이사온 뒤 처음 몇 달 동안 유선과 종우는 주말마다 손님들을 초대했다. 한 층에 한 세대만 거주하는 데다, 일층에는 점잖고 귀가 어두운 노부부가 산다는 것이 손님을 초대하는 데에 자신감을 심어주었다. 양가 부모님과 회사 동료들, 친구들은 집에 들어오면 오, 하며 감탄했고 거실과 주방, 4인용 테이블과 바비큐용 그릴이 있는 일층 공용 마당까지 보고 난 뒤에는 복층과 개인 공간에 대해 궁금해했다. 서재와 부부 침실과 복층의 아이 방, 놀이방까지 보고 나면 자신들의 이사 계획과 로망에 대해 털어놓기도 했다. 집에 대한 칭찬을 들으면 종우는 은행 거나 마찬가지야, 하며 웃었다. 유선은 그렇게 반응하는 종우의 말투나 표정이 마음에 들지 않았지만 그 말은 사실이었다. 계약서에 도장을 찍으면서 유선과 종우는 현기증이 날 정도의 대출을 받았고 밤에 그 숫자에 대해 생각하다보면 유선은 가끔 잠을 설쳤다.

—연말에 다 모이면 의자가 부족하겠는데.

종우가 거실을 내다보았다. 유선도 고개를 돌렸다. 식탁에 앉아서 바라본 거실은 처음 이사왔을 때처럼 넓고 탁 트인 느낌이 아니었다. 그것은 이제 적당한 크기로 보였다. 카펫은 여전히 오른쪽으로 약간 틀어진 상태였다. 유선은 견과류가 든 접시에서 피스타치오를 골라 입에 넣었다. 고소한 맛이 입안에 번지자 허기가 일었다. 안주용 치즈나 크래커로는 채울 수 없는 종류였다. 저녁식사를 준비하면서 유선은 종우와 같이 스테이크를 굽고 샐러드를 만들고 여러 종류의 밀키트를 데웠다. 라자냐와 스파게티와 피자까지, 음식을 담은 접시들이 식탁 위를 채웠고 긴 시간 동안 식사가 이어졌다. 과일과 케이크를 곁들인 디저트에 와인 안주도 풍성했다. 접시는 대부분 비워졌고 종우와 친구들은 배부르다는 말을 여러 번 했지만 유선은 정신이 없어 먹는 둥 마는 둥 했다. 그런데 밤이 깊어지니 맵고 짜고 뜨거운 음식을 먹으며 땀을 흘리고 싶어졌다. 유선은 냉장고 안에 든 것들을 떠올려보다가 크래커를 반으로 잘라 입에 넣었다. 종우는 생각에 잠긴 듯 말이 없었다. 향초가 타면서 음식 냄새를 차근히 지워갔다. 유선은 식탁 위에 떨어진 크래커 부스러기들을 보다가 손바닥으로 흩어버렸다.

창밖이 고요해지자 오래된 냉장고의 소음만 주방 안에 천천히 울렸다.

—음악이라도 틀까.

종우가 아까 멈추었던 음악의 재생 버튼을 눌렀다. 유선은 크래커 반쪽을 입에 넣었다.

—아까 애들이 가져온 것도 풀어보자.

종우가 냉장고 옆쪽에 세워둔 네 개의 쇼핑백을 들고 왔다. 유선은 손님들이 인사와 함께 건넨 선물을 거기 둔 뒤 잊어버리고 있었다. '쿠키의 명가'와 '기프트 홍삼'처럼 무엇이 들었는지 한눈에 알 수 있는 쇼핑백과 내용물을 짐작할 수 없는 쇼핑백이 함께 있었다. 유선은 음식이 담긴 접시를 식탁 위에 놓느라 정신이 없어 누가 어떤 것을 주었는지 기억하지 못했다. 종우가 쇼핑백 안에 든 것을 하나씩 꺼냈다. 쿠키와 홍삼 외에 과일 잼 세트가 든 상자가 나왔고 마지막 쇼핑백에서는 작은 화분이 나왔다. 화분에는 '스투키'라는 이름표가 꽂혀 있고 그 아래 작게 '30일에 1번'이라고 쓰여 있었다. 길쭉한 초록색 식물은 군더더기 없이 매끈했다.

—이건 선우 방에 놓으면 되겠다.

—그래. ……가을 되면 우리 마당 쪽에도 뭘 더 심자.

여름을 지나면서 그들의 마당에는 잡초가 무성해졌고 원래 유선과 종우가 심었던 화초들은 마르고 시들었다.

―날이 선선해지니까 마당에서 고기도 구워먹고.

유선과 종우는 와인잔을 들어 건배했다.

―누수 문제도 잘 해결돼야 할 텐데.

―연휴 끝나면 수시로 찾아오겠지. ……이 집 어디에서 물이 샌다는 건지 모르겠어.

유선은 믿을 수 없다는 표정으로 주방을 돌아보았다.

아래층 노부인은 거실 천장에 물이 샌 자국이 점점 더 커지고 색도 진해지는 것 같다고 했다. 유선과 종우를 자신의 집에 데려가지는 않았지만 누수의 흔적을 사진으로 찍어와서 보여주었다. 여기하고 여기. 노부인의 휴대폰 속 크림색 천장에는 동전만한 갈색 얼룩이 두 개 있었다. 에스프레소가 흘렀다 마른 자국 같기도 했고 부릅뜬 짝짝이 눈처럼 보이기도 했다. 노부인은 거실 소파에 앉아 창 너머의 나무들을 바라보는 게 낙이었는데 얼룩이 생긴 뒤로 소파에 앉으면 얼룩만 눈에 들어온다고 했다.

―자꾸 커지는 것 같고 아주 불길해요.

노부인은 그렇게 말하며 미간을 찌푸렸었다.

―이렇게 좋은 집에 누수라니.

―우린 물이 뚝뚝 떨어지기 전에는 눈치도 못 챘을 거야.

유선과 종우에게는 소파에 앉아 가만히 천장을 바라볼 시간이 없었다. 소파에 등을 기대면 유선은 졸음이 몰려왔고 종우는 휴대폰을 들여다보며 게임을 하는 편이었다.

종우가 와인을 따르려다가 병이 빈 걸 보고 냉장고에서 캔맥주를 꺼냈다. 자긴 어때? 유선은 배가 불렀지만 좀 취하고 싶어서 고개를 끄덕거렸다.

—아까 그 노래 제목이 뭐였지. 좋았는데.

맥주 캔을 따며 종우가 아까 친구들과 있을 때 들었던 팝송의 멜로디를 흥얼거렸다.

식사를 대충 마무리한 뒤 종우가 빈 그릇을 치우고 유선이 디저트를 꺼내는 동안 진희가 음악을 좀 틀까요, 라고 물었다. 식사 시간에는 인사 나누고 음식을 먹고 밀린 근황을 확인하느라 음악이 끼어들 틈이 없었는데 굵직한 얘기들이 지나가고 나자 음악이 할 일이 생겼다. 진희가 휴대폰으로 음악을 재생시켰다. 전주가 나오고 노래가 시작되자 분위기가 전환되었다. 종우가 진희 쪽을 보며 좋은데, 하고 웃었다. 첫 곡이 끝나자 친구들이 돌아가며 듣고 싶은 노래를 신청했고 아는 노래가 나오면 같이 따라 불렀다. 와인을 마시며 유선은 노래 부르는 그들의 표정을 바라보았다.

그때 진희가 들려줬던 노래를 찾겠다며 종우가 이 곡 저 곡을 틀어보았다. 유선은 반복해 나오던 'I know'라는 가사밖에 떠오르지 않았다. 진희에게 물어보라는 유선의 말에 종우는 검색해서 들어보면 바로 알 수 있을 것 같다고 했다. 그러나 I know가 들어간 팝송은 너무 많았고 제목을 보아도 이거다, 싶은 것은 없었다.

종우는 몇 곡을 플레이해보더니 그만두고 다 같이 따라 불렀던 사랑 노래를 틀었다.

—옛날 노래가 좋은 것 같아.

유선은 원피스의 소매를 한 단 더 접었다. 밤이 되었는데도 창 너머에서는 바람이 들어오지 않았다. 문을 닫고 에어컨의 전원을 켜려고 보니 향초의 심지가 어느새 꺼져 있었다.

—아까 진희가 나보고 결혼 잘했다고 하더라. 당신이랑 친해지고 싶대.

—그래? 친해지면 나도 좋지.

유선은 에어컨의 냉기가 천천히 몸을 감싸는 것을 느끼며 맥주를 마셨다.

밖에서 악, 하는 여자의 비명소리가 들렸다. 날카로운 것으로 거울이나 유리를 쫙 긋는 것 같은 소리였다. 미쳤어? 네가 뭔데? 네가 뭔데? 여자가 소리를 지르자 남자가 제발 그만 좀 해, 그만 좀, 하며 사나운 개처럼 컹컹거렸다. 남녀가 서로에게 따지고 욕을 하는 소리가 밤의 주택가에 울렸다. 유선과 종우는 맥주 캔을 든 채로 서로의 얼굴을 쳐다보았다.

—아까 그 사람들인가?

—아직 안 갔나봐.

무언가 부딪히고 둔탁한 흉기로 벽을 내리치는 것 같은 소리가 이중창을 넘어와 유선과 종우의 식탁 위에 떨어졌다. 종우가 주방의 창 쪽으로 다가갔다.

—내다보지 마.

종우는 걱정 말라는 듯 손을 들더니 창밖으로 고개를 내민 뒤 두리번거렸다.

—여기선 아무것도 안 보여.

종우가 돌아와 유선의 맞은편에 앉았다. 생각보다 멀리 있는 듯했다.

—연휴인데 도무지 쉴 수가 없네.

유선이 지친다는 표정으로 고개를 저었다.

—선우한테 가볼게. 무슨 일 생기면 전화해.

종우가 휴대폰을 주머니에 넣은 뒤 유선의 어깨를 짚었다.

아까 친구들을 배웅하고 들어와 선우를 보러 갔을 때 복층으로 가는 계단이 너무 조용해서 가슴이 철렁했다. 두 개의 방 불이 모두 켜져 있고 문도 활짝 열려 있었다. 선우는 불 꺼진 거실의 2인용 빈백 소파에 누운 채 잠들어 있었다. 종우는 오른팔로 선우의 머리를 받치고 왼팔을 다리 밑에 넣은 뒤 조심스럽게 안아들었다. 술기운 때문인지 다리가 휘청거리는 기분이었다. 그래도 아이를 떨어뜨려서는 안 된다고 생각하며 천천히 방으로 이동했다. 바닥에 놓인 장난감을 한쪽 발로 밀고 들어가서 조심스럽게 침대에 눕혔다.

밖의 소동과 상관없이 침대 위의 선우는 깊이 잠들어 있었다. 유선이 창문을 닫아두어 방안 공기가 후덥지근했다. 종우는 침대 옆에 무릎을 꿇고 아이의 자는 모습을 쳐다보았다. 열살이 되어 키가 부쩍 크고 무거워졌지만 잠든 얼굴은 아기 같았다. 종우는 고개를 숙여 선우의 얼굴과 머리에서 나는 달큰한 냄새를 맡았다. 조심스럽게 이마를 쓸어넘기자 손바닥에 미지근하고 끈적한 땀이 묻었다. 선우가 몸을 뒤척였다. 종우는 선우의 숨소리가 규칙적으로 변할 때까지 천천히 가슴을 토닥거리다가 가볍게 코고는 소리가 들리기 시작한 뒤에야 일어났다. 창문을 좀 연 뒤 잠든 선우의 얼굴을 한번 더 돌아보았다.

이 집에 이사오면서 부부와 아이의 공간을 분리하기 위해 선우의 침실을 따로 만들었다. 유선과 종우의 침대도 킹사이즈 대신 슈퍼 싱글 사이즈의 침대 두 개로 바꾸었다. 침대를 침실 양쪽 벽에 놓고 매트 커버와 이불, 베개 모두 각자의 취향과 체온에 맞는 것으로 골랐다. 유선은 침대에 앉아 영화를 보다가 호텔 같고 좋네, 라고 했다. 처음 몇 달 동안 장난감을 들고 계단을 오르내리며 집 전체를 어지럽히던 선우도 여름이 되면서부터는 위층에 머무는 시간이 더 길어졌다. 선우의 가슴을 토닥이는 일도, 자는 모습을 보는 것도 오랜만이었다. 종우는 방안을 둘러보았다. 장난감 정리함에는 아직 미니카와 누르면 소리가 나는 칼과 총이 들어 있었지만 그런 것들이 언제까지 남아 있을지 알 수 없었다.

선우는 유선과는 여전히 가깝게 지내는 것 같았지만 종우와는 일상적인 대화만 몇 마디 나누었다. 자동차 뒷자리에서 선우가 말없이 창밖을 내다볼 때, 밥을 먹은 뒤 복층 계단을 서둘러 올라갈 때, 종우는 선우가 자라 먼 곳으로 가버리고 있다는 것이 실감났다.

문을 닫고 나오기 전에 종우는 선우를 한번 더 돌아보다가 자는 모습을 휴대폰으로 찍었다. 선우는 창밖의 소동도, 유선과 종우의 걱정도, 종우가 옆에 앉아 있던 짧은 순간에 대해서도 알 수 없을 것이다. 종우는 많은 것들이 빠르게 지나가고 멀어져가고 있다고 생각했다. 술을 좀더 마셔야 잠들 수 있을 것 같았다.

이층의 거실에 잠시 서 있을 때도, 계단을 내려오는 동안에도 집안은 고요했다. 주방에 와보니 식탁 앞에 앉아 있는 유선의 눈과 얼굴이 붉었다. 종우를 보더니 유선은 창밖 어딘가로 시선을 돌렸다. 종우는 냉장고 손잡이를 잡은 채로 유선의 옆얼굴을 잠시 쳐다보았다. 묶은 머리 옆으로 머리카락 몇 가닥

이 빠져나와 있었고 원피스의 등 부분에 땀이 났다 마른 얼룩
이 희미하게 남아 있었다. 종우는 유선아, 하고 부르려다가 말
고 냉장고 문을 열었다. 새 캔맥주를 꺼내어 유선과 자신의 앞
에 놓았다. 종우가 자리에 앉자 유선이 숨을 크게 들이마신 뒤
내쉬었다. 뜨겁고 무거운 숨이 두 사람 사이에 내려앉았다. 종
우는 견과류를 입에 넣고 천천히 씹었다. 맥주 캔의 표면에 맺
힌 물방울들이 흘러내리는 걸 손으로 문지르며 유선의 붉어진
눈을 보았다.

　―이 노래 맞지?

　유선이 휴대폰 화면을 보여준 뒤 음악을 재생했다.

　종우는 유선의 표정을 살피며 맞는 것 같네, 했다. 다시 들
으니 노래는 파티와 어울린다기보다 파티가 끝난 뒤의 쓸쓸한
분위기에 더 가까웠다. 나는 아네. 이 시간이 지나가리라는 것
을. 나는 아네. 너와 함께 이 시간을 기억하리라는 것을. 두 사
람은 맥주를 마시며 노래를 끝까지 들었다.

　종우가 노래를 한번 더 재생하려 휴대폰을 집는 순간 무언
가 깨지는 소리가 났다. 싱크대에 쌓아둔 접시가 바닥으로 떨
어졌거나 식탁 위 유리잔이나 와인 병이 깨진 것처럼 가깝게
들렸다. 유선이 고개를 돌렸다. 야, 정신 차려. 도대체 왜 그
래? 정말 모르겠다, 나는. 밖에서 남녀의 목소리가 교차되고
유리병인지 유리창인지 알 수 없는 것이 요란하게 부서졌다.

깨진 것을 밟아 짓이기는 것 같은 소리가 이어졌다.

—저 사람들, 완전히 미친 것 같아.

뒤이어 남자가 우는 소리가 났다. 창 바로 아래에서 우는 듯 가깝게 들렸고 오래 이어졌다. 유선은 이 모든 소리가 자신과 종우의 귀에만 들리는 게 아닐까 생각했다. 노래 한 곡이 끝나고 나서야 사이렌 소리가 울렸다.

유선과 종우는 식탁 앞에 앉아 맥주를 마시고 견과류를 조심스레 씹으며 고성과 고함, 울음소리가 잠잠해지고 사이렌 소리가 서서히 멀어져가는 것을 들었다.

—이제 간 거 같다.

종우가 남은 맥주를 단숨에 마셨다.

—저 사람들 어떻게 될까?

유선은 소리 내어 울던 남자에 대해 생각했다.

—술 깨고 나면 화해하지 않을까.

—그럴까.

—맥주 더 할래?

종우의 말에 유선은 자기 앞에 놓인 캔을 흔들어보았다. 술은 조금 남아 있었지만 취기가 슬슬 몰려왔다. 자신이 무엇을 바라는 건지 알 수 없었다.

—내일 바람 쐬러 가려면 그만하는 게 좋겠다.

종우는 의자에서 일어나 빈 캔을 재활용 바구니에 넣었다.

빈 접시를 싱크대로 옮긴 다음 행주로 식탁 위를 닦았다. 종우의 리넨 셔츠와 바지에 주름이 더 많이 생겼다.

설거지는 내일 하자. 종우는 먼저 씻겠다며 욕실로 갔다. 유선은 한 모금 남은 맥주를 천천히 비웠다. 에어컨의 전원을 끄고 창문을 열자 냉기가 사라진 주방 안으로 조금 선선해진 바람이 들어왔다. 유선은 싱크대 안의 그릇들을 보며 잠시 고민하다가 내일 일어나면 손님 접대용 그릇들을 깨끗이 닦아서 싱크대 깊숙이 넣어두어야겠다고 생각했다. 종우가 닦은 식탁 위에 얼룩이 남아 있어 휴지로 문질러 닦았다. 자정이 십 분 지나있었다. 그러는 동안에도 유선은 같이 술을 마시고 노래를 부르다가 울게 된 마음에 대해 생각했다. 거리에 남아 있을 깨진 유리, 소동의 흔적 같은 건 연휴가 끝나면 환경미화원이 흔적도 없이 치워버릴 것이다. 주택가의 큰길과 빌라들이 모여 있는 단지의 규모에 비하면 깨진 맥주병이나 유리창은 작은 것들에 불과했다. 유선의 마음에는 남자의 울음소리가 남았다. 남자가 울면서 '정말 모르겠다'고 말했던 것. 유선은 그것에 대해 생각하는 것을 멈출 수 없었다.

지나가는 사람

석주는 소파에 앉아 밖을 내다보았다. 남은 일이라곤 기다리는 것뿐이었다. 어제도 손님을 기다리다 하루가 다 갔다. 어제저녁에 공인중개사 사무실 문을 닫으려고 일어났을 때 석주가 발견한 건 등과 엉덩이 모양에 맞춰 가죽이 변형된 1인용 소파였다. 1인용과 3인용으로 이루어진 고전적인 스타일의 갈색 가죽 소파 세트는 칠 년 전에 고등학교 동창들이 개업 기념으로 사준 것이었다. 그때는 1인용 소파가 자신의 동료가 될 거라고는 생각하지 못했다.

출입문을 열어놓았더니 봄볕이 문턱에 걸터앉았고 초봄의 바람만 이따금 안쪽까지 불어왔다. 바람은 찬데 따뜻한 물 속에 앉아 있는 것처럼 나른하고 노곤했다. 점심 먹을 시간이 되었지만 냉장고 안의 반찬을 꺼내기도 귀찮고 그렇다고 혼자 나가서 먹는 것도 내키지 않았다. 석주는 하품을 몇 번 하다가 믹스 커피 봉지를 뜯어 컵에 부었다. 한 개를 더 뜯으려다 그만두고 뜨거운 물을 부었다. 늘 입던 바지인데 아랫배가 점점 불편해졌다. 똑바로 서서 아래를 내려다보면 발끝만 겨우 보였다. 식사량과 설탕 섭취를 줄이고 틈틈이 스트레칭이라도 해야 하는데 버릇처럼 소파에 파묻혀 믹스 커피를 홀짝거렸다. 죄책감이 들 때면 개업과 동시에 금연에 성공했던 것을 위안으로 삼았다. 담배를 원하던 마음이 모조리 믹스 커피로 옮겨간 듯했다. 석주는 종이컵의 윗부분을 이로 씹다가 마지막 한 모금을 털어넣었다. 컵에 고인 커피 향과 입에 남은 단맛으로 아쉬움을 달랬다.

문밖으로 직장인들이 지나갔다. 이제는 걸음걸이만 보아도 그들이 점심을 먹으러 가는지 사무실로 복귀하는 중인지 알 수 있었다. 중개 사무실이 있는 자리는 지하철역과 버스 정류장이 가까운 편인데다 근처에 큰 마트와 식당가가 있어서 사람들의 이동이 활발했다. 몇 년 전까지 석주는 소파에 앉아 출입문 앞을 지나가는 사람들의 수를 셌다. 안으로 들어오지 않고 지나가기만 하는 저 사람들이 어디에 가고 어느 곳에 사는지 궁금했다.

오전에 공동 중개망에 접속했을 때 새로 올라온 매물은 없었다. 급매 표시를 달거나 금액을 조정해 다시 올린 것만 몇 개 보일 뿐 실거래가 끊긴 지는 좀 되었다. 다들 부동산 시장이 침체되었고 지금은 분위기를 보며 기다리는 시기라고 했다. 석주는 대단한 걸 기다리는 게 아니었다. 실제로 계약할 한두 사람의 방문이면 충분했다. 그들이 원하는 조건을 듣고 성사 가능성이 있는 집이나 상가를 보여주고 싶었다. 개업 후 몇 년이 지나니 공인중개사의 일은 매물을 보여주고 계약을 성사시켜 수수료를 받는 게 아니라 기다리는 일이라는 걸 알게 되었다. 이 사람 저 사람과 만나 이곳저곳을 다니면서 보여주고 설명하고 흥정하고, 그런 뒤에는 결국 기다리는 게 전부였다.

출입문 앞으로 긴 회색 니트 카디건을 걸친 여자가 지나갔다. 보폭이 큰 걸음걸이와 옆얼굴이 낯익다고 느꼈지만 누군지 바로 떠오르지 않았다. 여자가 사라지고 교복을 입은 고등학생들이 삼선 슬리퍼를 끌며 바닥에 침을 뱉고 지나갔다. 학교 수업을 마친 초등학생들은 가방을 휘두르며 서로를 바보 새끼라고 놀렸다.

세희는 이 동네가 일하기에는 괜찮을지 몰라도 교육 환경은 열악하다고 했다. 애들이 둘 다 중학생이 되는데 학군도 그렇고 제대로 된 학원도 없어서 면학 분위기가 안 잡힌다고 했다.

공부하려는 애들은 전부 고학년 때 전학을 간다며 몇몇 지역의 집값을 물었다. 열세 살인 아들은 게임할 때만 눈을 반짝거렸고 열두 살인 딸은 거울 앞에서 춤 연습을 하다가 툭하면 세희에게 걸려 혼났다. 세희의 바람은 미국 유학을 떠돌다가 전학으로 옮겨갔다. 그리고 그건 석주의 승진 좌절과 공인중개사 시험 준비, 퇴사, 개업의 과정과 함께 진행되었다. 세희는 학군이 괜찮은 지역의 전세가를 알아보면서도 유학을 완전히 포기하지는 않았다. 아이들 미국 유학은 세희의 근본적인 욕망에 가까웠다.

회색 니트 카디건을 입은 여자가 사무실 앞을 다시 지나갔다. 석주는 소파에서 일어나 여자가 걸어간 쪽을 보았다. 재경이구나. 큰 키는 여전했지만 단발머리를 더 짧게 자르고 몸이 야위어서 다른 사람 같았다. 지난겨울에 재경이가 이사온 뒤로 연락도 못하고 까맣게 잊고 지냈다. 석주는 사람들 사이에 섞여 걸어가는 재경을 큰 소리로 불렀다. 재경은 잘못 들었다고 생각했는지 조금 멈칫하다가 그냥 걸어갔다. 석주는 몇 걸음 더 앞으로 가서 손나팔을 만든 뒤 다시 이름을 불렀다.

―재경아.

돌아본 재경은 눈이 부신지 이마에 손 그늘을 만들었다.

―어디 가냐.

―어, 석주야.

—잠깐 들어왔다 가.

석주는 재경에게 안으로 들어오라고 손짓했다. 재경이 사람들 사이에 잠시 서 있다가 성큼성큼 걸어왔다. 모습은 변했어도 걸음걸이는 여전했다. 소파에 기대어 앉는 재경을 자세히 보니 머리가 희끗희끗하고 화장을 안 한 얼굴이 창백했다.

—못 알아볼 뻔했다. 왜 이렇게 말랐냐. 어디 아파?

재경이 손을 저으며 괜찮다고 했다. 아픈 건 아니야.

회색 니트에 검은 바지를 입은 재경을 보며 석주는 공작새처럼 화려한 색의 옷을 좋아하고 풍채가 좋던 사십대의 재경을 떠올렸다. 그때의 재경은 직접 움직이지 않았다. 전화를 걸어 오후에 누가 갈 텐데 집을 보여주라거나 괜찮은 물건이 있으면 소개해달라고 했다. 전화를 끊은 뒤 석주는 매매나 임대 리스트를 만들어두었다가 약속 시간에 재경이 말한 사람이 도착하면 금액에 맞는 집이나 상가를 보여주었다. 그게 그대로 계약으로 이어지는 경우가 많았다. 석주는 필요한 서류를 준비해놓고 날짜를 조율하며 계약을 마무리하면 되었다. 재경이 소개한 사람이 다른 손님을 데려오기도 했다. 그 사람들은 대부분 평수가 큰 아파트를 본 뒤 그 자리에서 계약금을 걸고 갔다. 중개수수료를 내면서 농담으로라도 돈을 쉽게 번다거나 한일이 뭐가 있느냐는 말은 하지 않았고, 좋은 집 소개해줘서 발품 안 팔고 수월하게 진행했다는 인사를 해왔다. 재경이 커다란 날개를 우아하게 펼치던 때가 석주 사무실의 호황기였다.

재경은 석주뿐 아니라 다른 동창들의 일도 두루 챙겼다. 은행 다니는 친구에게는 큰돈 맡길 사람을 소개해주고, 이직을 준비하는 친구에게는 옮겨갈 회사를 알아봐주었다. 실력 있는 과외 교사나 아이들 유학 갈 학교도 연결해주었다. 재경이 학부모회 활동을 하고 친목회 회장을 맡고 자원봉사 모임에 나가 사람들과 어울리던 때가 친구들 모두에게 좋은 시절이었다. 석주는 스무 살 무렵에 잠깐 재경을 좋아했지만 고백도 못 해보고 단념했다. 나이가 든 뒤로는 재경을 떠올리면 잘사는 큰누나가 뒤에 버티고 있는 기분이었다.

재경이 석주의 배를 보더니 고개를 저었다.

—너야말로 어디 아픈 거 아니냐? 우리 나이엔 살을 좀 빼야 돼.

석주가 일어서며 점퍼를 챙겼다. 재경의 휑한 목을 보고 있으니 속이 추운 느낌이 들고 허기가 졌다.

—난 아직 점심 전인데 안 먹었으면 같이 먹으러 가자.

재경은 내키지 않는다며 미적거리다 따라나섰다. 식당 앞을 지날 때마다 메뉴를 확인하곤 입맛도 없고 속도 부대낀다며 들어가지 않았다. 석주는 한 번도 가본 적 없는 죽집 앞에서 재경의 얼굴을 살폈다. 재경이 마지못해 고개를 끄덕거렸다.

점심시간이 지나 매장 안은 한산했다. 재경은 들깨죽을 시켰고 석주는 전복죽을 주문했다. 철제 탁자에 앉아 뜨거운 죽을 떠먹으며 석주는 재경의 집 다이닝 룸에 있던 커다란 대리석 식탁을 떠올렸다. 고교 동창들이 부부 동반으로 모이면 재경은 오븐에서 오리 구이나 애플파이를 꺼내 식탁 가운데에 올려놓았다. 다섯 쌍의 부부는 거기 둘러앉아 신경써서 사온 샴페인과 와인을 꺼내 서로의 잔에 따랐다. 대리석 식탁은 어떤 음식이나 식기를 올려놓아도 기품 있어 보였다. 이혼 위기까지 갔던 부부가 극적으로 화해했을 때도 재경은 멤버들을 불러모았고 모두 그 대리석 식탁에 둘러앉아 축배를 들었다. 정작 재경이 이혼하게 되었을 때는 모두들 영문을 알 수 없어 어리둥절했을 뿐 위로도 도움도 되지 못했다. 재경의 소식을 전하자 세희는 그럼 그 집은 어떻게 되는 거야, 하고 물었다가 석주가 말없이 고개를 젓자 재경 언니가 힘들겠네, 했다.

재경이 이혼한 뒤 그 집에 갈 수 없게 되자 동창 모임 자체가 흐지부지되었다. 어쩌다 두셋이 연락이 닿아 만나기는 했지만 열 명이 모두 모여 북적이는 일은 없었다. 다들 그 집에서 모이지 못하는 걸 아쉬워했다. 석주는 커다란 대리석 식탁이 계속 그 집에 있을지 궁금했다.

재경은 뜨거운 김이 오르는 죽을 숟가락으로 저으며 입바람을 불었다. 석주는 오랜만에 재경을 가까이에서 보았다. 풍성하던 갈색의 단발머리는 짧게 자르고 염색을 안 해서 반백의 커트 머리가 되었다. 화장도 액세서리도 안 한 모습을 보는 건 학생 때 이후로 처음인 것 같았다. 부부 동반 모임에 다녀오면 세희는 늘 재경이 입은 옷과 귀걸이, 목걸이와 립스틱의 색에 대해 얘기했다. 그 언니는 키도 크고 덩치도 좋은데 참 잘 하고 다녀. 자기 스타일을 잘 아는 것 같아. 하긴 부족한 게 뭐가 있겠어. 세희는 자신이 재경보다 열 살이나 젊고 날씬한데도 그걸 장점으로 여기지 않았다.

재경은 죽을 몇 숟가락 떠먹더니 그뒤로 이리저리 젓기만 했다. 양이 거의 줄어들지 않고 그대로였다.

―이 집 죽이 맛있네.

―제대로 먹지도 않으면서.

석주와 눈이 마주치자 재경이 짧아진 머리를 쓸어넘겼다. 웃는 건지 찡그리는 건지 알 수 없는 표정이었다.

―머리를 잘라서 그런가, 겨울에 춥더라.

―이번 겨울 별로 안 추웠는데…… 그 집이 추웠냐.

공기가 좀 차던데, 하면서 재경은 겨울잠을 자고 난 것 같다고 했다. 방에 가만히 있으니 마음이 자꾸 어두워져서 걸으려고 나온 거라고 했다. 석주는 고개를 끄덕거리며 식어서 말라붙기 시작하는 죽을 긁어 먹었다. 역시 죽 한 그릇으로는 배가 차지 않는다고 생각하며 입맛을 다셨다.

이십대 때 재경은 웬만한 남자보다 많이 먹었고 중년에 접어들어서도 양이 줄지 않았다. 미식가에 대식가였으며 맛집을 찾아가는 것이나 직접 요리하는 것, 자신이 만든 음식을 사람들에게 대접하거나 나누어주는 것 모두 즐거워했다. 재경의 집 부엌에는 양문형 냉장고와 김치냉장고가 나란히 서 있고 부엌 뒤쪽으로 연결된 다용도실에는 커다란 업소용 냉장고까지 있었다. 이 년 전인가 삼 년 전 재경의 생일 모임 때 석주는 맥주를 더 꺼내려고 그 냉장고 문을 열었다가 칸마다 그득하게 쌓여 있는 식재료와 음료들을 보고 입을 쩍 벌렸다. 가정집에서 업소용 냉장고를 본 건 그때가 처음이었다. 재경답다는 생각이 들었다. 재경이 그 안에서 술과 안주를 꺼내올 때마다 친구들은 웬만한 음식점보다 낫다며 감탄했다.

―먹는 거 좋아하던 애가 왜 이렇게 못 먹냐.

―그동안 너무 많이 먹어서 벌받나봐.

재경이 숟가락을 내려놓으며 소리 없이 웃었다. 둥글고 부드럽게 겹치던 얼굴 아래쪽의 살이 사라져 턱의 윤곽이 그대로 드러났다.

―밥은 안 챙겨 먹어?

―해먹는 것도 귀찮고 그럴 만한 상황도 아니라서.

재경이 물을 마신 뒤 냅킨으로 입가를 닦았다. 석주는 지난 겨울에 재경이 계약한 원룸을 떠올렸다. 한 칸짜리 싱크대와 두 구짜리 가스레인지가 있고 그 옆에 용량이 작은 투 도어 냉장고가 기본 옵션으로 설치돼 있는 곳이었다. 오층 건물의 이층이었는데 가격에 비해 내부 구조가 괜찮았지만 건물들이 다닥다닥 붙어 있는 동네라 해가 잘 들지 않았고 근처 대학의 학생들이 주로 거주해서 소란스러웠다.

—집은? 불편한 건 없고?

—그걸 뭐라고 말해야 하나.

아주 난처한 질문을 받았다는 듯 재경이 잠시 창밖을 내다보았다. 자신이 겪고 있는 일, 자신에게 닥친 일을 무어라고 표현해야 할지 고민하는 듯한 표정이었다.

석주는 고등학생 때 지나가면서 보았던 재경의 집과 결혼한 뒤 재경이 살았던 집들을 떠올렸다. 재경이 학생 때 부모님과 같이 살았던 삼층짜리 단독주택은 그 동네에서 가장 큰 집이었고 드라마에 나오는 대저택의 모습이었다. 재경의 방에는 LP와 카세트테이프를 모두 틀 수 있는 오디오와 커다란 스피커가 있다고 했는데, 석주는 책상과 침대와 옷장, 오디오 시스템까지 갖춘 학생의 방을 상상하기 어려웠다. 신혼 때도 재경의 집은 이미 완성형이었다. 거기에 뭘 더 채워넣을 수 있을까 싶은. 입지 좋은 고층의 신축 아파트였고 가구와 가전제품 모두 이제 막 결혼한 사람들이 갖기에는 대형에다 고가의 것이었다. 이혼 전까지 재경이 살았던 집은 부잣집을 보여주기 위해 정교하게 꾸며놓은 영화 세트장 같았다. 중개업자인 석주도 그런 집에는 처음 들어가보았다. 이후로 여러 번 놀러가고 식탁에 모여 식사까지 했는데도 그 집에서 일상생활을 한다는 것이 경이롭게 느껴졌다. 손님용 화장실에 있는 핸드워시 용기 바닥의 물때 같은 게 만져질 때나 거기가 사람 사는 곳이라는 게 실감났다.

고등학교 동창인 여자 셋과 남자 둘, 그리고 그들의 남편과 아내로 이루어진 모임의 멤버들은 월별로 생일 모임을 했다. 토요일 저녁에 예약해둔 식당이나 호텔 뷔페에서 만나 음식을 먹으며 선물을 주고받았다. 재경의 남편과 재경의 생일이 있는 5월과 10월에는 그 집에서 모였다. 재경이 메인 음식을 준비하고 각자 술과 케이크, 선물을 가져가는 것이 일종의 관례였다. 작년 10월에 재경의 생일을 앞두고 석주는 특별한 선물을 준비하는 것이 어떨지 상의했다. 그즈음에 재경이 소개한 사람이 큰 건을 계약해서 중개수수료를 많이 받은 상태였다. 세희는 재경이 자주 가는 숍에서 사이즈가 큰 진주 귀걸이를 봐두었다고 했고 석주는 그게 무엇이든 재경이 이미 가지고 있는 것이 아니길 바랐다. 진주 귀걸이라면 언젠가 모임에서 재경이 알이 큰 걸 하고 와서 여자들의 부러움을 산 적이 있었다.

─그건 흑진주고 이건 라벤더야.

세희는 그것이 얼마나 세심하게 고민한 선물인지 강조했다. 세희뿐만 아니라 모임 때마다 친구들은 좋은 와인이나 건강식품 같은 걸 가지고 와서 재경에게 고마움을 표시했다.

　그런데 생일 모임 일주일 전에 재경이 석주에게 모임을 취소한다는 메시지를 보내왔다. 그동안 미룬 적은 있어도 취소한 적은 없었다. 석주는 미루는 게 아니고? 라고 답을 보냈다.

　나 이혼하기로 했어.

　재경은 단체 톡방에도 모임을 취소한다는 메시지를 올렸다. 앞으로 그 집에서 모이는 일은 없을 거라고 했다. 재경의 남편은 이미 대화방을 나간 뒤였다. 모두 재경의 메시지를 확인했지만 아무도 답을 달지 못했다.

　석주는 고객들에게 집을 소개하며 거실이 탁 트였다, 천장이 높아서 넓어 보인다, 리모델링할 때 인테리어 자재를 고급으로 썼다, 등의 말을 할 때마다 재경 부부가 살던 집을 떠올렸다.

　이혼 소식을 전한 후 재경은 계절이 바뀌도록 연락이 없었다. 그러다 겨울이 시작될 즈음 석주에게 지금 중개 사무실로 가는 길이라고 전화를 해왔다. 해가 지기 전인데도 날이 흐려 어둑한 오후였다. 공기가 서늘해서 달력을 보니 입동 하루 전이었다. 이번 겨울은 추우려나, 생각하며 석주는 히터를 꺼냈다. 삼십 분쯤 지나서 재경이 사무실 문을 열고 들어왔다. 길고 두꺼운 코트를 입은 재경은 석주를 보자마자 택시비 좀 내주라, 했다. 길가에 택시가 서 있고 기사가 창문을 내린 채 기다리고 있었다. 소파에 앉자마자 재경은 카드가 정지됐더라고, 하면서 한숨을 길게 내쉬었다. 석주는 뭐가 어떻게 된 거냐고 물었다. 소파에 기댄 채 고개를 뒤로 젖힌 재경의 앞머리가 땀에 젖어 있었다. 잠시 눈을 감고 있던 재경은 다 자기가 잘못해서 이렇게 된 거라고 했다. 얘기하자면 길고, 하고는 한동안 말이 없었다.

—인생을 참 알 수가 없다, 석주야.

재경은 이마에 붙은 앞머리를 떼어내며 원룸을 구하러 왔다고, 바로 들어갈 수 있는 곳으로 알아봐달라고 부탁했다. 살던 곳에서 멀리 떨어진 동네면 좋겠다고 했다가 잠시 생각하더니 이 동네도 나쁘지 않고, 했다. 차도 집도 없이 원룸 보증금 정도만 받고 이혼한 이유에 대해서 재경은 말하지 않았다. 그냥 그렇게 되었다고, 돌이킬 수 없고 돌이키고 싶지도 않다고 했다. 재경이 말한 보증금 액수를 듣고 석주는 미간에 힘을 주었다. 이 동네가 서울의 변두리고 집값이 싼 편이지만 재경이 가진 돈으로는 괜찮은 곳을 구하기 어려웠다.

—제일 중요하게 생각하는 게 뭐야.

—조용했으면 좋겠어. 요즘 통 잠을 못 자.

석주는 뒷목을 긁적거렸다. 넓거나 채광이 좋은 곳을 구하는 것도 어렵지만 조용한 곳은 더 어려웠다. 원룸들은 붙어 있고 그렇게 사람들이 모여 사는 곳은 소란스러울 수밖에 없었다.

대로변에서 한두 블럭 안으로 들어가면 원룸 밀집 지역이 나왔다. 대학생들과 직장인들이 주로 살았고 주변에 식당과 술집, 편의시설이 많았다. 석주는 재경을 데리고 그쪽으로 갔다. 모자를 푹 눌러쓰고 손에 비닐봉지를 든 사람이 슬리퍼를 질질 끌며 골목을 걸어갔고 맞은편에는 담배를 피우며 큰 소리로 낄낄거리는 무리들이 서 있었다. 석주는 비슷비슷하게 생긴 건물 중 한 곳의 공동 현관문을 열고 들어갔다. 뒤에서 따라오던 재경이 몇 층이야? 하고 물었다. 삼층. 첫번째로 보러 간 원룸의 현관에 서서 재경은 아, 한 다음 말이 없었다. 직사각형으로 긴 방의 끝에 작은 방범창이 있었는데 창문의 반은 다른 건물의 벽이 차지하고 있었다. 잠깐 둘러보는 동안에도 위층 어느 집의 생활 소음이 머리 위로 고스란히 쏟아졌다. 석주는 재경의 눈치를 가만히 살폈다.

원룸 밖으로 나와 골목을 걸으면서 재경은 추운지 코트의 앞섶을 여몄다. 다른 데도 보러 갈래? 석주가 묻자 다 비슷비슷하겠지? 하면서도 고개를 끄덕거렸다. 재경은 미국에 유학 갔던 아들이 얼마 전에 한국에 들어왔다고 했다. 걔는 아직 우리가 이혼한 거 몰라. 재경이 잠깐 침묵한 후 말을 이었다.

—결국은 알게 되겠지. 언제까지나 숨길 수는 없으니까.

석주는 재경에게 세 곳의 원룸을 더 보여주었다. 처음에 현

관에만 서 있던 재경은 신발을 벗고 들어가 화장실 문을 열어
보고 양변기 물을 내려보고 빌트인 가전제품들을 만져보았다.
재경에게 보증금과 관리비, 월세에 대해 얘기하면서 석주는
세희가 숍에서 찾아온 연보라색의 커다란 진주 귀걸이를 떠올
렸다. 세희는 리본이 달린 작은 쇼핑백을 화장대 위에 올려두
며 재경에게 크리스마스 선물로 주겠다고 했다. 그때는 만날
수 있겠지. 이거 보면 언니도 기분 전환이 될 거야. 석주는 그
걸 환불하면 두 달 치 월세가 될 텐데, 생각했다.

　세희는 모임 전까진 늘 재경의 집에 가는 걸 고대했다가 다
녀오면 며칠 동안 의기소침했다. 저녁을 먹다가도 갑자기, 그
집 거실에 카펫 새로 간 거 봤어? 하고 물었다. 그랬나? 석주
가 거실 바닥을 떠올리는 동안 세희는 벽에 그림도 바꿨더라,
하며 일어나 밥그릇과 수저를 개수대에 넣었다. 옷을 개서 옷
장에 넣으면서는, 그 집 드레스 룸 가봤어? 내가 좀 춥다고 했
더니 언니가 드레스 룸에서 카디건을 꺼내줬거든, 그 집 드레
스 룸이 우리집 안방보다 크더라고, 했다. 석주는 드레스 룸의
크기가 어느 정도인지 몰랐지만 그 집의 시세와 실거래가가
얼마인지는 알았다.

　원룸에 들어가는 날 재경이 가져온 짐은 캐리어 두 개뿐이
었다. 재경은 그걸 중개 사무실 소파 옆에 세워두고 임대차 계
약서에 사인했다. 재경이 가졌던 것에 비하면 짐이 너무 단출

했지만 원룸의 크기를 고려하면 적당했다. 석주는 계약서를 파일에 넣어주며 무슨 일 있으면 연락하라는 말을 덧붙였다. 재경의 원룸은 석주의 사무실에서 오 분 거리였다. 재경은 고개를 끄덕거리며 캐리어를 끌고 밖으로 나갔다. 석주는 두루마리 화장지와 갑 티슈를 들고 원룸 쪽으로 같이 걸어갔다. 계단 위로 캐리어를 옮기다 천장에 늘어진 거미줄과 창틀의 먼지 뭉치를 보았다. 재경은 표정을 드러내지 않으려 애쓰며 현관문을 열었다. 짐 정리하는 거 도와줄까, 라고 물었더니 재경은 피곤한 얼굴로 좀 자고 싶다고 말했다. 석주는 동네 밥집 몇 군데와 시장, 병원의 위치를 알려준 뒤 계단을 내려왔다.

겨우내 재경이 좁고 시끄러운 원룸에서 어떻게 지내는지 궁금했지만 휴대폰 번호만 몇 번 들여다보다가 말았다.

석주는 표면이 굳어가는 재경의 죽 그릇을 보았다. 창밖을 내다보던 재경이 천천히 고개를 돌려 죽집의 천장과 벽에 매달린 조명등을 둘러보았다.

─원룸 말이야. 천장 전등이 깜박거린다.

어떻게 이런 일이 일어날 수 있지, 라고 묻는 것 같은 표정이었다.

─언제부터 그랬는데, 얼마나 깜박거려?

석주는 자신도 모르게 목소리를 높였다. 정신 사나워서 어

떻게 지냈느냐고 묻자 불을 끄고 지냈다는 답이 돌아왔다. 맙
소사. 답답한 마음에 석주는 물을 한 컵 더 마셨다.

—전등이 이렇게 쉽게 고장나는 건지 몰랐어.

—가서 한번 보자.

식당 밖으로 나서자 재경은 눈을 찌푸리더니 손으로 이마에
그늘을 만들었다.

—봄이라 그런지 햇빛이 너무 강하다. 모자라도 하나 사야
겠어.

지금 전등을 고치러 가자고 했더니 재경은 다음에, 오늘은
좀 걷고 다음에, 하며 돌아섰다. 석주는 재경이 멀어져가는 것
을 지켜보다가 뒤따라갔다. 고집부리지 말고 빨리 손보자, 말
을 걸어도 재경은 성큼성큼 앞서갔다.

—재경아, 지나가다가 또 들러. 같이 밥이나 먹자.

뒤에서 큰 소리로 말했으나 재경은 돌아보지 않았다. 한번
더 부를까 하다가 그만두었다.

재경과 만나서 점심을 먹었다고 했더니 노트북 화면을 보고
있던 세희가 고개를 돌렸다. 어떻게 지낸대? 얼굴은 어때 보
여? 석주는 겉옷을 벗으며 머뭇거렸다. 어디서부터 얘기해야
할지 알 수 없었고, 자신이 재경에 대해 잘 모르는 것 같다는
생각도 들었다.

—잘 지내려고 애쓰는 것 같아.

　—세상에서 제일 부러운 게 재경 언니였는데. 안됐어. 나이 들어서 혼자 사는 거 힘들 텐데.

　세희가 석주의 얼굴을 빤히 쳐다보며 말했다. 여보, 인생 진짜 모르는 거야, 그래서 더 확실한 게 필요한 거고. 우리가 애들한테 해줄 수 있는 게 뭐 있어, 남겨줄 것도 없고, 공부하는 분위기라도 만들어줘야지. 세희는 다시 노트북 화면을 쳐다보았다. 그렇지, 하면서 석주는 겉옷을 옷걸이에 걸었다. 모니터 위로 미국 명문, 유학의 지름길, 같은 글씨가 지나갔다.

　오전부터 소파에 앉아 밖을 내다보았으나 재경은 지나가지 않았다. 이제 산책을 안 하는 건지, 코스를 바꾼 건지 알 수 없었다. 직장인들이 점심을 먹으러 갔다가 돌아오고 수업을 마친 학생들이, 야 이 미친 새끼야, 소리를 지르며 뛰어가는 동안에도 재경은 보이지 않았다. 재경을 만나 점심을 먹은 뒤로 석주는 속이 허하고 무언가 잃어버린 것 같은 기분이 들었다. 하나의 계절이 지났을 뿐인데 재경은 예전의 모습을 외투처럼 벗어버렸다. 노인같이 마른 몸으로 앉아 있던 모습을 떠올리면 재경이 외투를 벗은 게 아니라 재경을 이루던 것들이 다 빠져나가고 외투만 남은 것 같기도 했다.

　소파에 앉아서 석주는 빈 종이컵을 만지작거렸다. 잇자국이 여러 개 남은 종이컵을 구기면서 앞날에 대해 생각하지 않으려고 애썼다. 아이들의 성장이나 그애들이 만나게 될 미래, 자신과 세희에게 닥칠 노년에 대한 걱정에 끌려들어가지 않으려고 버텼다. 소파에 앉아 손님을 기다리다보면 잘못 살아온 것 같고 잘못 살고 있다는 자책이 밀려왔다. 둥그렇게 튀어나오는 아랫배도 그렇고 고약해지는 마음도 그렇고 자신과 자신의 삶을 이루는 것들이 나빠지기만 하는 것 같았다. 알고 지내던 사람 몇이 작년에 죽었다. 지인들의 죽음을 지나며 석주는 삶이 자신의 것이지만 자신 밖에 있다는 것을 깨달았다. 멀거나 가까운 죽음을 겪으면서 인생에 대한 계산을 그만두고 계산기의 전원을 꺼버렸다. 숫자를 입력하고 빼고 더하는 게 무슨 의미가 있나 싶었다. 그런 마음에 도달하기까지 한참 걸렸다. 이제 막 마흔 살이 된 세희는 알 수 없을 것이다. 아직 계산기를 끌 때가 아니니까. 석주는 그것이 다행스러우면서도 버거웠다.

전등 생각이 나서 석주는 휴대폰을 꺼냈다. 최근 통화 목록에 재경의 휴대폰 번호가 없었다. 한때 모임 날짜를 정하고 손님을 소개받고 결과를 얘기하고 고마움을 전하며 빈번하게 연락을 주고받았던 게 먼 과거의 일처럼 느껴졌다. 주소록에서 번호를 찾아 통화 버튼을 누르자 없는 번호라는 안내 멘트가 나왔다. 석주는 이마를 짚으며 소파에서 천천히 일어났다. 나

쁜 소식을 들은 것처럼 심장박동이 빨라졌다. 서랍을 열어 작
년 하반기 계약서 사본들을 꺼내 뒤졌다. 계약서에 인쇄된 번
호는 예전 것이었다. 석주는 중개 사무실의 문을 잠근 뒤 오픈
팻말을 외출중으로 바꾸었다. 원룸으로 가는 동안 한번 더 통
화 버튼을 눌러보았다.

계단을 올라가 벨을 눌렀는데 안에서는 답이 없었다. 석주
는 주먹으로 문을 몇 번 두드린 뒤 재경아, 하고 불렀다. 배달
음식을 든 라이더가 석주를 지나쳐 위층으로 올라갔다. 재경
아, 한번 더 부르는데 대답 대신 위층에 사는 사람이 문을 여
닫는 소리가 울렸다. 원룸 주인에게 연락해야 하나, 머릿속이
복잡해졌다. 휴대폰에서 집주인의 전화번호를 찾는데 안에서
문이 열리며 재경이 고개를 내밀었다.

―석주구나. 웬일이냐.

재경의 목소리는 차분했다. 석주는 초조했던 마음을 감추려
고 호흡을 가다듬었다. 헛기침을 한 뒤 전등 봐주기로 했잖아,
하고 말했다. 재경은 석주가 안으로 들어올 수 있도록 문을 좀
더 열어주었다.

―전등은 이제 적응이 돼서 괜찮은데.

어둑한 방 안쪽에 조립식 옷장과 캐리어가 웅크리고 있었
다. 희미하게 빛이 새어나오는 창문 앞에는 흔들의자와 작은
탁자가 놓여 있었다. 그 외에 가구라 할 만한 건 보이지 않았

다. 방금 전까지 재경이 앉아 있었는지 의자가 앞뒤로 천천히 움직였다. 탁자 위에는 책 한 권과 독서등이 놓여 있었다. 야. 어두운 데서 책 보면 눈 나빠져. 석주의 말에 재경이 소리 내어 웃었다.

—더 나빠질 게 뭐가 있어.

재경이 입고 있던 카디건의 앞섶을 여몄다. 석주는 꺼진 전등을 올려다보았다. 천장 중앙에 달린 네모난 LED등이었는데, 안쪽 전구가 오래되었는지 겉의 플라스틱 판이 거무스름했다. 덮개를 분리한 뒤 전구를 교체하려면 드라이버와 새 전구가 필요했다.

—전구 종류가 뭔지 몰라서 그냥 왔는데…… 다음에 다 챙겨올게.

재경은 고개를 끄덕거리더니 석주에게 아무데나 앉으라고 권했다. 석주는 의자 옆에 앉아 벽에 등을 기댔다. 냉장고 옆 개수대 안에 엎어놓은 컵 두 개와 접시가 보였다.

—뭐 줄 게 없다. ……커피 마실래? 금방 사올게.

—됐어. 커피 매일 마시는데.

괜찮다는데도 잠깐이면 된다며 재경은 커피를 사러 나갔다. 급하게 나오는 바람에 지갑도 챙겨오지 않아 석주는 잠자코 기다리기로 했다.

밖은 대낮인데 방안은 잔잔하게 어두웠다. 석주는 탁자 위에 놓인 독서등을 켜보았다. 희미한 빛이 탁자 위를 동그랗게 밝혔고 그 밖의 사물은 위치와 형태만 구분이 가능했다. 겨울 동안 재경은 방에 혼자 앉아 이 동그란 빛에 의지해 지낸 것 같았다. 세희가 재경과 만날 수 있으리라 기대했던 크리스마 스는 그냥 지나가버렸다. 지난 몇 년 동안 크리스마스가 되기 며칠 전이면 동창들은 재경의 집 대리석 식탁에 모여 저녁식 사를 했다. 거실에 장식해놓은 대형 크리스마스트리 앞에서 기념사진도 찍었다. 가족 단위로 찍은 다음 마지막엔 삼각대 를 세워놓고 단체사진을 찍었다. 집으로 돌아가기 위해 작별 인사를 할 때 재경이 산타클로스처럼 멤버들 모두에게 리본이 달린 선물 상자를 건넸다. 한국에서 구하기 힘든 잼이나 쿠키, 혹은 각자에게 필요하고 어울리는 물건이 들어 있어서 선물 받은 사람들은 모두 감격했다. 그 시간들이 다 지나가버렸다.

석주는 원룸 안을 둘러보다가 냉장고 문을 살짝 열어보았 다. 밝은 빛이 왈칵 쏟아져나왔다. 문 쪽에 작은 생수병 두 개 가 서 있고 가운데 칸에 먹다 남은 빵 봉지, 김치가 든 플라스 틱 반찬통이 들어 있었다. 위아래 칸은 텅 비어 있었다. 반찬 냄새 대신 오래된 냉장고 냄새가 흘러나왔다. 냉동 칸도 열어 볼까 하다가 그만두었다. 석주는 조심스럽게 문을 닫았다. 우 웅, 냉장고 모터가 정적을 깨며 요란하게 작동했다.

—이제 봄이네. 완전 봄이야.

문을 열고 들어온 재경이 커피를 건넨 뒤 회색 니트를 벗었다.

—하루하루가 다르다.

재경은 맞은편 벽에 기대앉았다. 커피에서 올라온 뜨거운 김이 재경의 야윈 얼굴을 감쌌다. 석주도 뜨겁고 쓴 커피를 한 모금 삼켰다.

—나는 매일 출근하는데도 봄이 됐는지 모르고 살았다.

—오다 보니 꽃 피기 시작했더라.

—그럴 때 됐지.

둘은 한동안 말없이 커피를 마셨다. 궁금한 게 많은데 석주는 무슨 얘기부터 꺼내야 할지 조심스러웠다. 속에서 질문들이 엉켰다. 커피를 마시며 재경은 집에서 나온 뒤로 시간이 어떻게 흘러갔는지 모르겠다고, 그때부터 지금까지의 시간이 통째로 사라진 것 같다고 했다. 석주는 그래, 하면서 자신이 들고 있는 컵을 내려다보았다. 재경이 이 원룸에서 지낸다는 게 여전히 믿어지지 않았다. 어떻게 그런 일들이 일어날 수 있는지 알 수 없었다. 커피에서는 이제 뜨거운 김이 올라오지 않았다. 석주는 적당히 따뜻해진 커피를 마셨다. 재경과 사정은 다르지만 그 사라지고 지워지는 기분에 대해 모르지 않았다. 대로변에서 한 블록 안쪽에 위치한 공인중개사 사무실에 앉아 손님을 기다리다보면 시간이 무용하게 흘러갔다. 인생의 대부분이 그렇게 지나가버린다는 걸 인정하고 받아들이는 것이 쉽지 않았다.

재경은 어제 아들과 통화했다고 했다. 이렇게 오래 연락을 안 하고 지낸 건 처음이라며 웃음 비슷한 소리를 냈다.

―이제는 걔도 우리가 이혼한 걸 알아. 자기는 괜찮대. 걱정 말래. 다행히 내가 이렇게 사는 건 모르는 것 같더라고.

처음에 여기에서 지낼 때 재경은 원룸이 너무 낯설어서 자다 깰 때마다 꿈을 꾸고 있는 건가, 싶었다고 했다. 어릴 때부터 고등학생 때까지 재경은 삼층집에 살았고 어른이 된 뒤로는 십오층 아래에서 산 적이 없었다. 창밖으로는 언제나 하늘이 보였고 계절의 변화가 눈으로 확연하게 감지되었다. 집안의 온도와 습도는 창밖의 계절과 상관없이 쾌적한 상태를 유지했다. 엘리베이터가 없는 건물에서 사는 것도 처음이고 한 계절이 지나도록 미용실에 가지 않고 옷 한 벌 사지 않은 채 지낸 것도, 신용카드가 없는 삶도 처음이었다. 재경은 결혼이 깨진 게 아니라 이전의 자신이, 자신이 알던 익숙한 세계가 깨져버린 것 같다고 했다. 나이 오십이 넘어서 인생이 달라질 줄 몰랐는데 말이야. 석주는 가만히 고개를 끄덕거렸다.

―석주야, 너는 변한 게 없는 것 같다. 배도 그대로고.

―이 정도 배를 유지하는 게 얼마나 힘든지 아냐?

석주는 둥그렇게 튀어나온 티셔츠 위를 손바닥으로 팡팡 두드렸다. 이번에도 재경은 웃음 비슷한 소리를 냈다.

삼십대까지 석주의 별명은 영감님이었다. 친구들에게 노안 소리를 들었고 사십대가 지나서야 주변 사람들이 제 나이로 보기 시작했다. 오십대가 된 뒤에는 젊어 보인다는 얘기도 가끔 들었다. 석주는 십대 이십대 때 잘생기고 인기 많았던 친구들이 천천히 변해가는 모습을 지켜보았다. 아름다움이 빛처럼 머물러 있다가 서서히 옆으로 기울며 떠나갔고 그들은 어리둥절해하며 그 빛을 향해 손을 뻗었다.

석주와 재경은 지나가버린 시간과 흘러가고 있는 시간과 인생에서 잘못 끼운 단추들에 대해 얘기했다. 앞날에 대해서는 말을 아꼈다.

—세희는 애들을 유학 보내고 싶어해.

—너는? 너는 별로야?

대답 대신 석주는 남은 커피를 마셨다. 커피는 좀더 식었고 쓴맛이 강해졌다. 그러게, 왜 내키지 않을까. 미래를 대비하는 것도 좋고 더 넓은 세상에서 사는 것도 좋지만 아이들과 떨어져 사는 게 싫었다. 나이가 들수록 오늘 하루를 사는 거라는 생각이 들었다. 미래라는 먼 시간을 위해 지금 중요한 것을 포기하는 것이 무슨 의미가 있나. 석주는 미래라는 게 잘 믿어지지 않았다. 석주가 유학에 대한 의견을 조심스레 털어놓았을 때 세희는 욕심도 포부도 없고 현실에 안주하려고만 한다고 쏘아붙였다. 그 말이 맞다는 것도 알았다.

아파트 매매에 대해 문의하는 전화를 받고 석주는 일어섰다. 재경이 시간을 확인하더니 벌써 이렇게 됐네, 했다. 같이 얘기하고 나니 기분이 한결 나아졌다며 소리 없이 웃었다. 석주는 신발을 신으며 다음에 전구와 드라이버를 챙겨와서 갈아주겠다고 말했다. 재경은 신경쓰지 말라며 고개를 저었다.

—이렇게 지내는 데 익숙해졌어.

석주는 문을 열려다 뒤를 돌아보았다.

—지나가다 또 들러. 같이 점심이나 먹자.

석주는 어둠이 내리기 시작하는 방에서 나와 계단을 내려갔다. 그제야 재경에게 전화번호가 바뀐 거냐고 묻지 못했다는 게 떠올랐다. 도로 뛰어올라가 새로운 번호를 알려달라고 할까 머뭇거리다 그냥 계단을 내려갔다. 다음에 만나서 점심을 먹을 때, 그때 묻자 싶었다.

집에 오니 식탁 위에 유학원과 미국 학교 소개 책자가 놓여 있었다. 저녁을 먹고 나서 세희는 다시 유학 얘기를 꺼냈다. 아이들 진학, 학원비에다 미래를 생각하면 여기서 이렇게 영어 교육 시키는 것보다 유학을 보내는 게 낫다는 것이었다. 지금도 너무 늦었다고, 애들이 더 커서 머리가 완전히 굳기 전에 가야 한다고 했다. 그러더니 미국에 사는 사촌 얘기를 꺼내며 자신이 유학을 고민하다가 시기를 놓치고 어영부영 취직해버린 걸 얼마나 후회하는지 아느냐고 물었다. 가족들 중 한 사람만 강하게 말했어도 자신의 삶은 달라졌을 거라고, 그때 과감하게 유학 가서 거기서 취직하고 결혼해 자리잡은 사촌이 부럽다고 했다. 너무 많이 들어서 순서와 상황, 그에 따라 변하는 감정과 말의 토씨까지 다 외우는 스토리였다. 그 얘기를 할 때면 세희는 자신을 주체하기 힘들어 보였다. 과거에 느꼈던 감정이 몰려와 세희를 덮어버리는 것 같았다. 석주는 흰머리가 나기 시작하는 세희의 머리를 꼭 끌어안고 괜찮다고, 이제 그만 보내주자고 말해주고 싶었다.

석주는 며칠 동안 초조함과 고요히 다투었다. 사무실 출입문을 보며 책상 위에 놓인 전화기를 힐끔거리고 휴대폰을 만지작거렸다. 비수기인 겨울이 지나면 사정이 나아지지 않을까 기대했는데 불경기라 한 건의 계약도 없이 한 달이 지나고 있었다. 석주는 소파에 앉아 재경이 있는 어둑한 방을 생각했다. 흔들의자에 앉아 재경은 시간을 어떻게 견뎠을까. 연락처에 저장되어 있던 수많은 사람들과 갖고 있던 많은 것들을 잃어버렸는데 무슨 생각과 함께 겨울을 보냈을까. 석주는 1인용 소파에 앉아 밖을 내다보았다. 벚꽃이 피어서 나무들은 저마다 불을 밝힌 것처럼 빛났고 거리는 일 년 중 가장 환하고 활기찼다. 빈 시간에 다른 일을 병행할 수도 있었고 여기저기 전화해서 물건이 있는지, 저번에 보고 간 상가나 아파트를 계약할 마음이 있는지 물어볼 수도 있었다. 그러나 석주는 가만히 앉아 바람결에 날리는 꽃잎을 보았다. 소파와 한몸으로 지냈더니 등과 엉덩이 부분의 쿠션이 꺼지고 가죽이 흐물거렸다. 손님들이 앉는 3인용 소파는 거의 새것처럼 보였다. 작년까지만 해도 1인용 소파에 가만히 앉아 있으면 갇혀 있는 듯한 기분이 들어서, 좁은 사무실 안을 왔다갔다하거나 다른 가게를 돌아다니며 불필요하고 안 하는 편이 좋은 말들을 듣고 곱씹고 옮겼다. 그런데 이제는 무료함이나 갑갑함과 상관없이, 마음의 상태나 희망의 유무와 무관하게 잠잠히 기다려야 하는 날이 있다는 걸 알게 되었다.

재경의 원룸에 갔다 온 지 일주일이 지나서야, 오랫동안 비어 있던 상가의 임대 문의가 들어왔다. 그뒤로 며칠 내내 3인용 소파에 손님들이 앉았다 일어서기를 반복했다. 계약이 될 것 같다가도 임대인과 임차인의 입장이 좁혀지지 않았다. 집에 들어가면 세희는 미국 학교를 알아봤다고 했다가 원어민 과외도 괜찮을 것 같다고 번복했고 며칠이 지난 뒤에는 다시 전학 가는 것에 대해 고민했다. 석주는 몇 달 만에 원룸 계약 하나를 성사시키고 고등학교 동창 둘과 만나 저녁을 먹었다. 그들에게 재경을 만났다는 얘기는 하지 않았다. 재경에 대한 얘기가 나올 때마다 석주는 천장의 전등과 어둑하던 방을 떠올렸다. 사무실에 드라이버를 가져다 놓고도 재경에게 연락할 방법이 없어서 미루었다가, 일이 생기는 바람에 잊고 지나갔다.

월세를 낮출 수 없다고 고집을 부리던 임대인이 한발 양보하면서 상가 계약서에 도장을 찍기로 합의했다. 석주가 조율하려 애썼을 때는 꿈쩍도 하지 않던 사람들이 허허, 웃으며 악수를 주고받았다. 계약은 대체로 그의 영역 밖에서 결정되고 그와 상관없이 이루어졌다. 석주는 그 점이 늘 경이로웠고 그런 불가해함 앞에서 고개를 숙이게 되었다. 전화로 계약 소식을 전하자 세희가 죽으라는 법은 없네, 하며 웃었다.

계약서를 쓰고 돈이 오가고 일이 다 마무리된 뒤 중개 사무실 문턱에는 좀더 뜨거워진 볕이 내려앉았다. 석주는 모처럼 믹스 커피를 두 봉지 뜯은 뒤 뜨거운 물을 붓고 소파에 앉아 천천히 마셨다. 진하고 달콤한 커피의 맛을 즐기는 동안에는 튀어나온 배나 다음 계약 같은 건 생각하지 않기로 했다. 긴 회색 니트 카디건을 입은 재경이 문 앞을 성큼성큼 지나갔다. 재경이 오랜만에 산책을 나온 건지 자신이 밖을 내다보는 일이 오랜만인 건지 알 수 없었다. 지나가다 들르라고, 같이 밥이나 먹자고 말해두었는데도 그사이 재경은 한 번도 들르지 않았다. 한번 더 사무실 앞을 지나가면 나가서 재경을 불러야겠다고 생각했다.

다음날 출근 하면서 석주는 세희의 화장대 위를 보았다. 여전히 거울 옆에는 리본이 달린 작은 쇼핑백이 놓여 있었다. 이거 전해줘도 되지? 석주가 묻자 세희의 눈꼬리가 아래로 축 처졌다.

─이제 진짜 못 모이는 거야?

석주는 중개 사무실 앞을 빠르게 지나가던 재경을 떠올렸다.

─오가다 들르라고 했는데…… 보면 줄게.

─내가 주면 안 돼? 언니한테 물어보고 싶은 것도 있고……예전 같으면 애들 교육 문제도 재경 언니한테 도움 많이 받았을 텐데.

재경이 대화방을 나간 뒤로 동창들도 재경의 안부와 행방을 궁금해했다. 재경에 관한 모든 소식은 이혼에 멈춰 있었고 그 이유나 이후에 대해 아는 사람은 없었다. 친구들은 재경의 이혼 사유를 다양하게 추측하면서도 재경이 몰락했을 가능성에 대해서는 상상하지 않았다. 그래서 걱정하지 않았고 오히려 갑자기 연락을 끊어버린 것이 서운하다고 말했다. 그러면서도 도움을 주던 재경이 사라지고 좋았던 시절이 끝난 것에 대해서는 진심으로 아쉬워했다. 세희도 재경이 원룸에 산다는 얘기는 잊은 듯했다.

석주는 쇼핑백을 사무실 책상 위에 올려두었다가 서랍에 넣었다. 중개 사무실의 유리벽에 붙일 아파트 급매와 상가 임대 광고지를 출력하고 있는데 재경이 들어왔다. 그사이 재경은 머리가 좀더 길었고 얇은 셔츠 차림이 되어 있었다. 석주는 인쇄물을 모아 책상에 내려놓았다. 시계를 보니 점심을 먹기에는 조금 이른 시간이었다.

—잘 왔다. 저번에 그 죽집 갈래? 전등부터 갈까?

석주는 캐비닛에 넣어두었던 드라이버를 꺼냈다.

—나 이사간다.

재경은 소파에 앉지 않고 그 말을 먼저 했다. 석주는 들고 있던 드라이버를 탁자 위에 내려놓았다.

—어디로 가는데.

—여기서 좀 멀어.

재경은 손으로 문밖 어딘가를 가리켰다.

—좀 앉아. 커피라도 한잔 마시고 가.

—가봐야 돼. 지금 짐 싣고 있어.

재경이 뒷걸음질치면서 말했다.

—짐 정리하고 나면 한번 들를게.

재경이 문밖으로 나갔다. 석주는 빈손을 비비며 따라 나갔다. 어디로 가느냐고 묻지도 못한 채 재경이 걸어가는 뒷모습을 가만히 바라보았다. 많은 것이 달라진 뒤에도 재경의 걸음걸이는 여전했다. 석주는 재경아, 하고 작게 불러보았다. 결국 그 방의 전구를 갈아주지 못했다는 자책이 석주를 붙들었다. 재경이 오른쪽 골목으로 꺾어 들어가 완전히 보이지 않게 될 때까지 석주는 문 앞에 서 있었다. 재경의 새로운 전화번호를 물어야겠다고 생각하면서도 재경을 부르지 못했다.

사무실로 들어와 소파에 앉자 진주 귀걸이가 든 쇼핑백을 전해주지 못했다는 게 떠올랐다. 석주는 문밖으로 나가 거리를 살폈다. 꽃잎이 다 떨어지고 난 뒤 가로수들의 잎사귀는 온통 초록빛이었다. 석주는 재경이 지나간 방향으로 뛰었다. 재경이 다시 한번 들르기를 기다리기에는 인생이 그리 길지 않은 것 같았다.

다른
미래

진은 평상에 앉아서 비 내리는 바다를 바라보았다. 먼 곳에
서 일어난 파도들이 키를 높이며 밀려오다 제각각 부서졌다.
하늘과 바다의 톤이 비슷하게 흐려서 시간을 가늠하기 어려웠
다. 캐노피가 설치되어 있는데도 나무로 된 평상의 바닥이 다
젖어 있었다. 비가 계속 내릴 것 같은 하늘이었다. 넓은 바다
안에서 열 명 남짓한 사람들이 멀찍이 떨어진 채 해수욕을 하
거나 파도를 맞았다. 그들 중에 일곱 살 된 손녀와 딸 희영, 사
위도 있었다.

　이런 날씨에 바다라니. 진은 속으로 투덜거리며 휴대용 돗자
리를 꺼냈다. 세 개의 가방이 젖지 않도록 그 위에 덮었다. 뜨
겁고 메마른 모래도 별로지만 축축하게 엉겨붙는 모래도 마음

에 들지 않았다. 호텔에서 조식을 먹을 때부터 비가 내렸는데 손녀는 그래도 바다에 가야 한다며 고집을 부렸다. 희영이 곤란해하는 표정을 짓자 사위는 옛날에 비 맞으며 수영해봤는데 색다른 경험이었다며 손녀의 편을 들었다. 진은 설마, 진짜 바다에 가려는 건 아니겠지, 하는 마음으로 전복죽을 떠먹었다.

높은 파도가 한차례 지나가자 손녀와 희영이 소리를 지르며 진이 있는 곳 가까이까지 밀려왔다. 파도에 선캡이 날아갔고 젖은 머리가 희영의 얼굴에 엉망으로 들러붙었다. 바닷물에 완전히 젖은 희영의 몸 위로 비가 계속 내렸다. 어차피 다 젖었으니 상관없겠지만 진의 눈에는 비를 맞고 있는 희영의 몰골이 몹시 거슬렸다. 희영은 저만치 떠내려가는 선캡을 주우러 뛰어가면서 두어 번 휘청거렸고 그때마다 뭐가 그리 우스운지 큰 소리로 웃었다. 희영이 손을 뻗으면 선캡은 파도에 밀려 멀어졌고 물속이라 희영의 움직임은 굼떴다. 사위는 손바닥으로 얼굴 위의 빗물을 닦아내며 희영의 움직임을 흉내냈다.

외모나 성격 모두 딸보다 사위를 더 많이 닮은 손녀는(그것이 더 나은지 아쉬운 일인지 진은 여전히 판단이 서지 않는다) 분홍색 구명조끼를 입고 허리에 튜브를 낀 채 파도를 보며 흥분해서 소리를 질렀다. 파도에 쓸려 모래사장까지 밀려났다가도 다시 씩씩하게 일어나 바닷속으로 걸어들어갔다. 물속에서도 스프링을 단 듯 쉼없이 통통 튀어올랐다. 그동안의 나들이나 여행에서 손녀는 줄곧 보호해야 할 대상이었는데, 이번에는 스스로 파도를 즐기는 것 같았다. 희영과 사위도 물놀이 자체에 신이 난 모습이었다.

우두커니 앉아 있는 진에게만 난감한 시간이었다. 비 내리는 바다는 지루했고 평상에 앉아서 할일도 없었다. 진은 모자의 챙을 바로잡은 뒤 얇은 리넨 셔츠 위에 묻은 모래를 털어냈다. 바지와 가방에도 모래가 점점이 들러붙어 있었다. 빨리 호텔로 돌아가서 샤워한 뒤 룸이나 라운지에서 시간을 보내고 싶었다. 운전을 해서 혼자 돌아갈 수 있다면 진즉 그렇게 했을 것이다. 진은 침대 옆 탁자에 두고 온 책을 떠올렸다. 휴가를 떠나기 전에 도서관에서 빌린 그 책은 진보다 나이 많은 여성 작가가 쓴 에세이였다. 간밤에 침대에 앉아서 한 챕터 정도 읽고 새벽에 일어나 조식을 먹으러 가기 전까지 한 챕터를 더 읽었다. 작가는 나이가 많은데도 오늘은 무슨 일이 생길까 궁금하다며, 인생의 남은 시간이 기대된다고 썼다. 노년에 접어드는 진에게 힘이 되는 책이었다. 예전 같으면 잊지 않고 챙겨왔을 텐데 출발 전까지 보다가 탁자에 놓고 왔다. 진은 자신의 부주의를 자책하며 책의 다음 내용을 예측해보았다. 가방에서 휴대폰을 꺼내 시간을 확인한 뒤 한 시간만 더 기다려보자고 스스로를 다독였다. 그 작가라면 분명히 너그러움을 발휘하며 이 시간 속에서도 의미를 찾아낼 것이다.

손녀와 딸이 노는 걸 보며 진은 졸음이 몰려오는 걸 느꼈다. 해수욕을 즐기는 사람이 거의 없어 바다는 황량해 보였다. 파도 소리만 일정한 간격을 두고 반복되었다. 눈을 여러 번 감았다 떠도 달라진 부분이 없었다. 그래서 해변의 오른쪽 끝자락에 검은색 골프 우산이 나타났을 땐 반가운 기분마저 들었다. 우산을 쓴 두 사람은 파도에 발을 적시며 진이 있는 쪽으로 걸어왔다. 비 오는 바다에 볼 게 뭐가 있다고 왔을까. 차를 타고 지나가다 내렸나. 진은 우산 속 남녀를 유심히 보았고 두 사람의 나이가 꽤 많다는 걸 알아차렸다. 염색도 꼼꼼히 하고 몸 관리도 잘했지만 목주름과 표정에서 나이가 드러났다. 칠순은 넘겼을 게 분명한 남녀는 커다란 골프 우산을 쓴 채 파도 쪽으로 걸어갔다가 도망치기를 반복했다. 큰 파도를 만날 때마다 웃고 감탄하느라 소란스러웠다. 남자는 녹색 피케 셔츠에 검은색 반바지 차림으로 한 손에 헐렁한 에코백을 들고 있었다. 여자는 틀어올린 머리에 선글라스를 얹었는데 칼라와 소맷단, 몸판의 색이 다른 화려한 피케 셔츠에 베이지색 반바지를 입고 있었다. 한 손에 굽이 낮은 샌들을 든 채 다른 손으로 남자와 팔짱을 끼고 있었다. 두 사람 다 차림새가 요란하고 무엇보다 머리숱이 풍성했다. 진은 두 사람의 움직임을 눈으로 좇으며 부부는 아닐 거라고 생각했다. 재혼이라면 모를까. 진의 경험으로 저런 활달함과 다정함은 애인 사이나 재혼한 지 얼마

안 된 부부에게서도 보기 드문 것이었다.

두 사람은 웃고 떠들며 해변을 걷다가 진의 옆에 있는 평상에 앉았다. 가방은 땅바닥에 내려놓고 엉덩이만 살짝 걸쳐서, 자리를 잡았다기보다는 잠깐 쉰다는 인상을 풍겼다. 진의 가족이 평상에 앉자마자 모래사장 어딘가에서 달려와 요금을 받아갔던 관리 요원들이 이번에는 코빼기도 보이지 않았다.

평상에 앉아 비를 피하던 두 사람은 바다에 들어갈까 말까 실랑이를 벌이기 시작했다. 남자가 비 맞으며 파도를 타면 시원하고 좋다며 여자를 설득했고 여자는 비 오는 바다에 왜 들어가느냐며 앉아서 구경이나 하다 가자고 했다.

—이런 바다에 언제 또 와보겠어.

—또 그 소리다. 나보다 더 오래 살 거면서.

두 사람을 눈치껏 염탐하고 있는데 희영과 사위가 손녀와 함께 바다에서 나왔다. 손녀는 양손에 크고 작은 조개껍데기를 잔뜩 들고 있었다. 진은 손녀에게 춥지 않은지 물었다.

—할머니, 이거 봐.

진은 손녀의 손에 든 것을 건네받았다.

—대단하구나.

—어머님. 한번 들어와보세요. 시원해요.

—엄마. 진짜 기분좋아. 생각하는 거랑 달라.

딸과 사위가 우두커니 앉아 있는 진을 설득했다. 진은 손을 들어 괜찮다는 의사를 표했다. 손녀가 평상의 가장자리에 조개껍데기를 하나씩 늘어놓았다. 진은 예쁜 걸 잘 골라왔구나, 칭찬하고는 그것들이 비를 맞지 않도록 안쪽으로 옮겼다. 날도 흐리고 비가 오는데 기분좋을 게 뭐람. 진은 딸 내외에게 언제 돌아갈 거냐고 물을 타이밍만 노렸다.

딸은 물이 뚝뚝 떨어지는 손으로 가방을 뒤졌다. 비에 젖지 말라고 휴대용 돗자리를 덮어둔 것인데 그런 건 보이지 않는 모양이었다. 여기 넣어놨는데 어디 갔지? 중얼거리며 물티슈, 선크림, 선글라스, 지갑을 평상에 늘어놓았다.

—뭘 찾는데 그래?

—휴대폰. 사진 좀 찍어주려고.

중요한 물건은 파우치에 따로 챙겨두라고 몇 번이나 말했는데도 희영은 손에 잡히는 대로 넣어 다녔다. 휴대폰이 안 보이는지 다른 가방 안을 뒤지는 동안에도 몸과 머리에서는 빗물과 바닷물이 계속 흘러내려 가방과 소지품을 적셨다.

—이거 계속 젖는다. 우산 있으면 좀 꺼내봐, 여기 씌워놓게.

—우산? 안 챙겼는데. 바다에 들어가는데 누가 우산을 가지고 와.

그럼 대체 선글라스는 왜 챙겼고 이 무거운 가방 안에 들어 있는 건 다 뭐냐고 묻고 싶었다.

—엄마, 나한테 전화 좀 걸어봐.

진은 메고 있던 크로스백에서 휴대폰을 꺼내 최근 통화 목록에서 희영을 찾아 눌렀다. 희영이 처음 뒤졌던 가방 안에서 진동이 울렸다. 휴대폰이 웅웅대는데도 못 찾고 허둥대는 희영의 모습을 보는 게 답답해서 진은 고개를 옆으로 돌렸다. 늙은 남녀는 꼭 붙어앉아서 바다를 보고 있었다. 바다를 처음 보는 사람들처럼 진지한 표정이었다. 희영은 가방 밑바닥에서 휴대폰을 겨우 꺼내더니 손녀가 늘어놓은 조개껍데기를 찍고 바다에 들어가는 뒷모습을 찍었다. 손녀가 파도를 타고 넘어지고 웃는 모습을 옆에서 찍다가 덩달아 휘청거렸다. 진은 희영이 휴대폰을 물에 빠뜨릴까봐 조마조마했다. 요즘 젊은 사람들은 방수팩에 넣어 목에 걸고 다니던데. 물속에서도 사진을 찍겠다고 요란을 떠는 것도 보기 싫었지만 희영처럼 아무 준비 없이 다니는 것은 더욱 마음에 안 들었다.

어쩌다 이 여행에 따라나섰을까. 그동안 딸네 가족이 여행을 떠나거나 여름휴가를 가면 진은 나름의 계획을 세워서 휴가를 보냈다. 차를 오래 타는 것도 싫고 사람들이 북적이는 곳에서 밥을 먹고 바가지요금을 지불하는 것은 상상만으로도 번잡스러웠다. 손녀의 종알거리는 소리가 들리지 않는 집에서 며칠 동안 고요하게 지냈다. 하루는 옷장과 서랍을 다 열어 대청소를 하고 하루는 마트에서 장을 봐와서 밑반찬을 만들었다. 친구들과 약속을 잡고 만나서 영화도 보고 느긋하게 밥도 먹었다. 딸네 가족과 휴가를 같이 보낸 적이 한 번도 없는데 이번에는 바다가 보이는 호텔을 어렵게 예약했다는 말에 솔깃해졌다. 아무것도 챙기지 말라며, 편하게 쉬고 오자는 희영의 말에 오랜만에 푸른색의 바다가 보고 싶어서 그러자고 했다.

비 내리는 바다를 보면서 진은 아직도 인생에 예측 불가능한 일이 많구나, 생각했고 남은 인생에도 그런 일이 불쑥 찾아오겠지, 그때는 어떤 기분이 들까 짐작해보았다. 매번 새롭게 놀라고 인생에 대해 영원히 알 수 없으리라는 걸 다시 깨닫게 될까.

이십 년 전에 진은 남편의 죽음이라는 큰 파도를 만났고 그 파도는 진의 머리 위로 쏟아져 온몸을 다 적신 뒤에야 발끝으로 빠져나갔다. 희영이 대학에 입학한 해의 여름이었고 여름 휴가를 떠나기 일주일 전이었다. 새벽부터 비가 내렸고 남편은 지방 출장을 가느라 아침 일찍 차를 몰고 나갔다. 뉴스에서는 태풍이 북상중이며 긴 장마가 될 거라고 보도했다. 남편의 차가 서울을 빠져나간 지 얼마 지나지 않아 3중 추돌사고가 일어났다. 남편이 운전하던 차는 SUV와 대형 화물차 사이에 끼었다.

장례식 절차를 모두 마무리한 뒤 아파트 현관문 앞에 도착했을 때 진과 희영을 기다리고 있던 건 남편이 구독하던 신문이었다. 요구르트는 지인에게 부탁해서 배달을 미뤄두었는데 신문 사흘 치는 현관문 앞에 무질서하게 놓여 있었다. 희영이 현관문의 비밀번호를 누르는 동안 진은 신문을 주우며 내일 신문 보급소에 연락해 구독을 끊어야겠다고 생각했다.

문을 열고 들어갔을 때 진은 집안의 모든 것이 제자리에 있다는 사실에 어리둥절해하면서도 안도했다. 퉁퉁 부은 얼굴로 소파에 드러눕는 희영을 겨우 일으켜 욕실로 들여보낸 다음 장례식장에서 가져온 짐을 부엌에 대충 쌓아놓았다. 하나하나 펼쳐서 버리고 씻고 세탁해서 정리하고 싶었지만 앞뒤 베란다의 창문을 열고 환기부터 시켰다.

자고 일어나서 씻을 거라고, 자게 내버려두라고 투덜거리던 희영은 막상 씻으러 들어가서는 나올 생각을 하지 않았다. 짐을 보면 정리하고 싶어질 것 같아 진은 간단하게 손만 씻은 뒤 신문지를 펴고 그 앞에 앉았다. 끝이 지저분하게 갈라진 손톱이 거슬렸다. 남편은 덤벙대고 물건을 너저분하게 늘어놓는 사람이었지만 손발톱을 깎을 때만큼은 신문지를 단정하게 펴고 그 앞에 앉았다. 깎은 손발톱은 모아서 휴지통에 버리고 신문지는 잘 접어 재활용 박스에 넣어두었다. 진은 손톱과 발톱을 깎으며 신문지 앞에 몸을 구부리고 앉아 있던 남편을 떠올렸다.

욕실 문이 열리며 부연 수증기와 함께 얼굴이 붉게 부풀어 오른 희영이 나왔다. 진은 자신도 모르게 욕실이 엉망이겠구나, 생각하며 일어섰다. 희영이 아무데나 놓은 것들을 제자리에 놓고 욕조에 물을 받았다. 목욕용 소금을 부은 뒤 뜨거운 물속에 들어가 고개를 뒤로 젖히자 상복을 입고 있던 내내 경직되었던 몸이 조금씩 풀어졌다. 온몸에 배어 있던 향내, 땀, 눈물과 의아함이 천천히 물에 녹았다. 희영도 이런 마음으로 욕실에 오래 있었을 것이다. 희영은 더이상 슬플 때 엄마에게 기대어 우는 아이가 아니었다.

흐릿해진 거울을 손바닥으로 문지르자 살이 내려 주름이 두드러진 얼굴과 삐죽삐죽 올라온 흰머리가 보였다. 진은 거울의 표면을 닦으며 내일은 염색을 해야겠다고 마음먹었다. 자신을 지키지 않으면 생활은 엉망이 될 것이고 이 삶은 어딘가, 예상하지 못한 곳으로 쓸려가버릴 것이다. 진은 쌍화탕을 한 포 데워서 몸살 약과 함께 먹었다. 희영의 방 앞에서 노크를 하고 잠시 서 있었다. 문을 열고 들어가볼까 하다가 푹 자라고 말한 뒤 안방으로 가서 침대에 누웠다. 눈을 감으면 남편의 죽음이 파도처럼 덮쳐오던 바다 한가운데에 서 있는 것 같았다.

늘 일어나던 시간에 저절로 눈이 떠졌고 빈 침대를 보자 남편이 일찍 일어나 먼저 출근한 아침 같았다. 진은 거실로 나와 햇빛이 내리쬐는 베란다 창문을 바라보았다. 남편의 몫으로 사두었던 홍삼을 한 포 꺼내 마신 뒤 냉장고에 붙여둔 포스트 잇을 보았다. 전립선 약, 탈모 샴푸 주문은 다른 세계의 일이 되었다. 진은 포스트잇을 떼어낸 뒤 냉동실 맨 아래 칸에서 얼린 곰국을 꺼냈고 쌀을 씻어 밥통에 안쳤다. 전날 희영과 자신이 벗어놓은 옷, 양말, 속옷을 세탁기에 넣고 살균 코스를 눌렀다. 그리고 포스트잇에 신문 구독 취소, 요구르트 배달 취소, 염색, 이라고 쓴 뒤 냉장고에 붙여놓았다. 밥이 되는 소리를 들으며 식탁 앞에 앉아 다이어리를 펼쳤다. 페이지를 앞으로 넘겨 남편의 사고 이전의 기록들을 읽어보았다. 여름휴가와 희영이 대학에서 처음 맞는 방학에 대해 쓴 몇 문장은 일상적이고 심상했다. 진은 한 페이지를 비워두고 다음 장에 볼펜으로 날짜와 함께 다른 생활, 다른 미래, 라고 썼다. 진은 마흔일곱 살이었고 평균수명을 생각하면 아직 살아야 할 날이 많이 남아 있었다. 떠다니는 감정이나 생각이 아니라 정리된 기록이 필요했다. 희영이 졸업하고 독립할 때까지 같이 살면서 돌봐야 하고 대학 등록금과 생활비도 필요했다. 희영의 결혼과 자신의 노후를 위한 자금도 마련해두어야 하니 집을 팔고 작은 평수로 옮겨 목돈을 확보해두는 것도 방법이었다. 연금으로 생활을 꾸려나가려면 생활의 규모도 줄여야 했다. 머릿속에 떠오르는 것들을 손으로 정리하는 동안 마음에 일던 파문 같은 것이 잔잔해지는 기분이 들었다.

밥통의 취사 완료 알림이 울리고 보온 모드로 바뀐 지 몇 시간이 지난 뒤에도 희영은 방에서 나오지 않았다. 진은 식탁에 앉아서 희영의 방 문을 쳐다보았다. 몇 발자국 떨어져 있을 뿐인데 딸의 방이 아주 멀게 느껴졌다. 진은 조심스럽게 다가가 방문에 귀를 가만히 대보았다. 흰색의 나무문은 견고한 벽처럼 버티고 선 채 진에게 아무것도 알려주지 않았다. 정오가 지난 뒤 진은 방안에서 흘러나오는 낮고 숨죽인 울음소리를 들었다.

그날 이후로 주말에도 헤드폰을 끼고 침대에 누워 음악을 듣고 있는 희영의 모습을 볼 때나 새벽 두시에 문틈으로 형광등 불빛이 하얗게 새어나올 때, 문을 잠그고 전화하는 희영의 목소리가 심각할 때면 마음이 요동쳤다. 자기 전에, 새벽에 깨거나 아침에 일찍 일어났을 때, 진은 궁금증과 책임감, 두려움을 품은 채 딸의 방 앞에 우두커니 서 있곤 했다.

희영이 물이 잔뜩 묻은 휴대폰을 들고 와서 가방에 대충 쑤셔넣은 뒤 다시 바다로 들어갔다. 진은 가방에서 휴대폰을 꺼내 수건으로 닦고 물티슈와 수건으로 한번 더 닦았다. 희영은 덤벙대고 게으른데 감정의 변화가 급격해서 갑자기 바닥에 가라앉아 거기 오래 머물러 있곤 했다. 딸을 키우는 동안 진은 그런 성격에 어떻게 반응해야 할지 어려웠다. 이십대 때 희영은 드라마를 보다가 갑자기 열한 살에 떠났던 여름휴가 얘기를 꺼내서 사람을 곤란하게 만들기도 했다.

—그때 우리 횟집에서 저녁 먹고 아빠랑 셋이 바닷가 걸었잖아. 근데 해변에 폭죽 터뜨리는 사람들이 있었거든. 내가 그거 계속 보고 있으니까 아빠가 해보고 싶으냐고 물어봤어.

그 여름의 휴가를 생각하면 진은 그런 장면이 아니라 그때 머문 숙소와 그 여행의 동선, 경비 같은 것이 먼저 떠올랐다. 바닷가 끝에 새로 지은 리조트를 예약할까, 한 번 가본 적 있는 오래된 호텔을 예약할까 고민하다 호텔의 오션 뷰를 선택했다. 그리고 해변을 걷는 동안 새로 지은 크고 화려한 리조트의 내부를 궁금해했다. 희영이 폭죽을 터뜨리겠다고 고집을 부려서 남편이 근처 매점에서 폭죽을 샀던 것이나 돈이 아깝다고 생각했던 것은 한참 뒤에나 기억났다.

—그때 아빠가 폭죽에 불을 붙이다가 손가락 끝을 데었거든.

희영의 목소리가 살짝 떨렸다. 진은 딸의 어깨를 두어 번 토닥였다.

—그때는 아빠가 언제까지나 옆에 있을 거라고 생각했어.

말이 다 끝나기도 전에 희영은 울음을 쏟아냈다. 희영이 대학을 졸업하기 전까지, 남편의 죽음이 두 사람 곁에 머물러 있는 동안 그런 일은 몇 번이고 반복되었다.

정신없이 지내다가 그런 기억이 불쑥 떠올라 새벽에 깨어났을 때, 잠이 안 오면 진은 따뜻한 차를 한 잔 마신 뒤 책을 펼쳤다. 먼저 남편을 잃었거나 이혼해서 진즉 혼자가 된 친구들은 진의 안부를 물으며 조언해주고 싶어했지만, 그들과는 일상적인 얘기 정도만 나눌 뿐 진짜 궁금한 건 책에서 찾았다. 중년의 삶이나 갱년기의 몸과 마음을 다스리는 법, 혼자 사는 삶과 죽음에 대한 책을 주문해 읽었다. 다양한 책을 읽다보면 게으르고 느긋하고 즉흥적인 젊은 여자들의 생각과 감정에 대한 이해도 생겨서 자신과 반대편에 있는 딸에 대한 궁금증과 불안함도 잠잠해졌다.

갱년기의 우울감이 심해져서 책으로도 마음이 잡히지 않을 때 진은 샤워기를 틀어놓고 그 아래 서 있었다. 혼자 있는 저녁 무렵이나 잠들지 못한 채 뒤척이는 새벽에 샤워 부스의 문을 열고 들어갔다. 가만히 앉아 책을 읽을 수도 없고 다이어리에 뭔가 쓰기 어려울 정도로 마음이 출렁거릴 때 물속에 숨었고 물소리에 의지했다. 옷을 입은 채로 서서 실컷 울고 난 뒤에 비누 거품을 내어 물컹하고 주름진 살을 닦았다. 샤워기의 물소리를 들으면 울게 될까봐 진은 한동안 대중목욕탕에도 가지 않았다. 물을 끄고 나면 언제 울었냐는 듯한 얼굴로 희영에게 밥을 해주고 빨래를 개켜서 옷장에 넣었다.

사위가 바다에서 나와 평상에 걸터앉았다.

—어머니, 심심하지 않으세요? 필요한 거 있으면 편하게 얘기하세요.

　래시가드를 입은 채로 쫄딱 젖은 사위의 모습이 낯설기도 하고 좀더 편하게 느껴지기도 했다. 진은 호텔 방 탁자에 있는 책이 필요하다고 말하려다가 괜찮다고, 필요한 거 없다고 대답했다.

　—저쪽에 카페도 있는데 커피 한 잔 사올까요, 어머니?

　사위가 마음에 썩 드는 건 아니지만 장모님이 아니라 어머니라고 부르는 건 예뻤다. 커피를 마시기에는 좀 위험한 시간이었지만 진은 그럼 커피 한잔 마실까, 하고 부탁했다.

　바다에 들어가네 마네 실랑이를 벌이던 남녀가 조용해졌다. 여자 혼자 평상에서 내려와 모래에 쪼그리고 앉아 있었다. 자세히 보니 틀어올려 겉으로 드러난 안쪽 머리의 색이나 머릿결이 다른 부분과 차이가 났다. 그럼 그렇지. 진은 가만히 안도했다. 여자는 휴대폰으로 바다를 찍고 셀카를 찍고 모래에 그린 하트를 찍었다.

　희영과 사위, 손녀가 좀 쉬겠다며 바다에서 나왔다. 진이 수건을 꺼내서 건네기도 전에 세 사람은 젖은 몸으로 평상에 앉았다. 날이 흐려서 살이 타지는 않았지만 손녀와 희영의 입술색이 푸릇했다. 진은 가방에서 큰 타월을 꺼내 손녀의 몸에 두른 뒤 희영과 사위에게도 하나씩 건넸다. 희영이 물기를 닦으며 해변 입구에 늘어선 가게와 식당 쪽을 쳐다보았다.

　—좀 출출하네. 뭐 먹자.

　손녀가 목말라, 하면서 가방을 뒤졌다. 딸의 가방에서 작은 생수병 두 개가 나왔고 세 사람이서 그걸 나누어 마셨다.

　진이 주도한 여행이었다면 휴식 시간에 마실 것과 먹을 것까지 다 준비해왔을 텐데 희영은 무얼 챙겨 다니는 법이 없었다. 진이 챙길까 물어보아도 그냥 빈손으로 오라는 말만 했다. 다행인지 불행인지 사위도 비슷한 성정이라 둘은 홀가분하게 다니는 걸 좋아했다. 필요하면 나가서 사 먹으면 되지. 그게 무계획적인 사람들이 사는 방식이었다.

　—그래. 맛있는 거 먹자. 어머니 뭐 드실래요?

　이런 데서 뭘 먹을 수 있느냐고 묻자 길 건너에 편의점이 있고 배달 앱으로 치킨이며 피자, 햄버거를 다 주문할 수 있다고 했다. 사위가 휴대폰을 꺼내들었다.

　—물놀이한 다음에는 치킨이지.

　희영의 말에 손녀와 사위가 맞아, 치킨 시키자, 치킨, 하며 손뼉을 쳤다.

　—떡볶이도 시켜. 아무것도 없으니까 수저 꼭 달라고 하고.

　희영이 떡볶이의 맵기와 추가할 사리에 대해 얘기했다. 좋아, 오케이, 주문 완료, 를 외치던 사위가 으아, 수저 요청하는 거 깜박했다, 하면서 머리를 긁적거렸고 희영과 손녀는 별일 아니라는 듯 웃어넘겼다. 진은 이 즉흥적이고 낙천적인 가족이 실수를 저지르고 이해하는 방식을 신기하게 바라보았다.

사위가 편의점에 간 사이에 손녀는 바닥에 앉아 젖은 모래를 가지고 놀았고 희영은 휴대폰을 내려놓더니 가만히 바다를 바라보았다. 언제 선캡을 잡으러 뛰어다니고 큰 소리로 웃었던가 싶을 정도로 고요한 얼굴이었다. 진은 언제나 딸의 감정 변화를 파악하고 따라잡는 게 어려웠다.

— 할머니, 이따가 바다에 안 들어갈 거야?

손녀가 조개껍데기 안에 모래를 채워넣으며 물었다.

— 할머니는 그냥 앉아 있을란다.

— 바다에 왔는데 왜 안 놀아.

— 앉아 있는 게 편해. 비도 오는데 얼른 놀고 들어가자.

— 놀러왔으면 신나게 놀아야지. ……파도가 무서워서 그래?

손녀가 진의 얼굴을 빤히 쳐다보자 희영이 소리 내어 웃었다.

— 그래, 엄마. 바다에 왔으면 바다에 들어가서 놀아야지.

딸의 말에 용기를 얻은 희영이 진의 팔을 툭 쳤다.

진에게 수영은 체육관에서나 하는 것이었고 그마저도 소독약 냄새에 민감해진 뒤로는 가지 않게 되었다. 다만 오랜만에 호텔 수영장에서 바다를 보며 수영하는 건 괜찮을 것 같아서 따라나선 것이었다.

—엄마는 너무 고집이 세. 다른 사람 얘기도 좀 들어. 언제 또 비 오는 바다에 와볼 거야.

고집이 세다는 딸의 말보다 손녀의 말이 진을 더 건드렸다. 파도가 무섭냐고? 맙소사. 진이 무서워서 피하는 건 운전 정도였다. 남편의 사고로 차를 폐차시킨 뒤 운전과 차를 오래 타는 일 둘 다 멀리했다. 진은 가끔 자신이 계속 운전을 했더라면 어땠을까 생각했다. 다행히 희영은 대학을 졸업한 뒤 면허를 따서 차를 몰고 다녔다. 진은 희영이 운전하는 차를 타고 친척들의 결혼식에 다녀오거나 마트에 가서 장도 봤다. 희영이 결혼하기 전까지 운전에 대해서는 그애에게 의지했다.

결혼을 몇 달 앞두고 희영이 저녁을 먹다가 뜬금없이 엄마, 우리랑 같이 사는 거 어때? 하고 물었다. 진은 국을 떠먹다 말고 희영을 쳐다보았다. 희영은 마음에 드는 웨딩드레스를 입으려면 살을 빼야 한다며 밥 대신 유자 드레싱을 뿌린 샐러드를 먹고 있었다.

남편 없이 살면서도 진과 희영은 같은 방에서 잔 적이 없었다. 식탁에 마주앉아 저녁을 먹고 소파에 나란히 앉아 드라마를 본 뒤에도 각자 방으로 돌아가 좋아하는 책이나 영화를 본 다음 잠이 드는 생활을 십 년 넘게 이어왔다. 진은 쓸데없는 얘기 하지 말고 신혼집에 가져갈 짐이나 미리 챙겨놓으라고 일렀다. 결혼이 다가오는데 희영은 짐 정리를 계속 미루었다. 엄마, 그러지 말고 고민해봐. 방울토마토를 집어먹는 희영의 얼굴이 심각했다.

그뒤로도 희영은 짐 정리를 계속 미루다가 진의 성화에 하루 휴가를 냈다. 팔을 걷어붙이고 둘러본 희영의 방은 놀라우리만큼 무질서했다.

—결혼하면 제발 깔끔하게 치우고 살아.

—알았으니까 엄마, 그 얘기는 그만해.

희영은 라디오를 튼 뒤 진에게 일회용 마스크를 건넸다. 딸의 표정이 남편과 너무 똑같아서 진은 입을 다물었다.

희영의 책상 맨 아래 서랍에서는 초등학교 때 단짝 친구에게 받은 편지와 고등학교 때 수학여행에서 친구들이 만들어준 롤링 페이퍼, 앨범, 대학 성적표가 나왔다. 맨 위 서랍에는 삼각자와 컴퍼스, 고등학교 학생증과 포스트잇이 들어 있었다. 서랍 안에는 희영이 그 집에서 학생으로 살았던 기간의 역사가 뒤죽박죽 쌓여 있었다. 희영은 물건을 분류하다가 가끔 멈춘 채 그것들을 들여다보았다.

—뭐가 많네.

진은 눈에 띄는 것마다 버리라고 했다. 희영은 알았어, 알았어, 대답하면서도 실천에 옮기는 것 같지는 않았다. 희영이 끈으로 책을 묶으며 진의 눈치를 살폈다.

—엄마, 진짜 우리랑 같이 안 살 거야?

—얘가 왜 자꾸 이상한 소리를 해.

—그러면 우리집 근처로 이사오는 건 어때. 가까이 살면 좋잖아.

희영이 틀어놓은 라디오에서는 영화음악이 나왔고 진은 십이 년 전 여름을 떠올렸다. 여름방학 내내 희영이 방에 틀어박혀 지내는 동안 진은 남편의 물건을 하나씩 정리했다. 침실에 있던 남편의 베개와 잠옷, 침대 옆 탁자와 서랍에 들어 있던 안경과 안약, 책갈피를 끼워둔 책을 쓰레기봉투에 넣었다. 남편이 먹던 위궤양 약과 소화제, 종합 비타민, 물파스와 피부연고도 한데 모았다. 약 케이스에 이름과 복용 시간과 용량이 유성펜으로 적혀 있었다. 1일 3회, 식후 30분, 1알씩, 같은 남편의 글씨들이 봉투 안으로 들어갔다. 물건을 정리하는 일은 장례식이나 화장과는 다른 종류의 이별이었다. 진은 집을 둘러보며 이사를 가는 게 어떨까 생각했다. 희영은 대형 쓰레기봉투에 들어 있는 남편의 등산화와 등산 스틱, 구두, 슬리퍼만 보고도 울음을 터뜨렸다.

희영은 자신의 짐을 여러 번에 걸쳐 조금씩 옮겼다. 마지막에 사위가 작은 트럭을 빌려와서 희영의 옷과 책이 든 박스를 싣고 갔다. 두 사람이 탄 트럭을 배웅하고 난 뒤 진은 집에 와서 희영의 방을 둘러보았다. 빈 책장에는 책이 꽂혔던 안쪽과 바깥쪽의 경계가 남아 있고 옷장 안에는 완만하게 휜 옷걸이봉과 안 입는다고 두고 간 티셔츠 몇 개가 걸려 있었다. 그걸 보자 비로소 이사를 가야겠다는 생각이 들었다. 딸과 살면서 남편의 물건을 정리하던 것과 딸이 결혼해 집이 휑해진 것은 달랐다.

진은 집을 내놓고 같은 아파트 단지의 작은 평수 집을 보러 다녔다. 희영의 동네로 옮기고 싶은 마음은 조금도 없었다. 오래 살아서 눈을 감고도 찾아갈 수 있을 것 같은 익숙한 길, 늘 가는 시장과 마트, 세탁소, 목욕탕, 병원이 있는 삶의 반경을 벗어나고 싶지 않았고 다른 곳에서 살 자신도 없었다. 그때 진의 나이가 쉰아홉 살이었다.

비는 묵묵하게 내렸다. 바다에 온 지 두 시간이 지났고 흐린 바다를 보며 평상에 계속 앉아 있으려니 지루함을 넘어 지겨움이 몰려왔다. 진은 집 근처에도 비가 오고 있을까, 생각했고 빨래통에 남아 있던 양말과 수건 몇 개를 떠올렸다. 마저 빨아서 널고 올까 어쩔까 망설이다가 그냥 왔는데 그것들이 마음에 찜찜하게 남아 있었다.

가방 안에 든 희영의 휴대폰이 요란하게 울렸다. 화면에 김 팀이라고 떠 있는 걸 보고 진은 평상에서 일어났다. 바다 쪽으로 나가 희영을 불렀다. 큰 파도가 밀려와 희영과 사위를 덮친 뒤 빠져나갔다. 희영은 물에 빠졌다가 일어서느라 정신을 차리지 못하고 있었다. 진은 고무줄 바지를 종아리까지 걷은 뒤 바다 안으로 더 들어가 희영을 불렀다. 희영은 젖은 머리와 얼굴을 수습하느라 전화가 끊어진 다음에야 진을 보았다.

평상으로 나온 희영이 물이 뚝뚝 떨어지는 손으로 메시지를 확인하면서 휴가 끝나고 물어봐도 되는 일을, 하며 투덜거렸다. 통화 버튼을 누르더니 받지도 않네, 하며 내려놓았다.

젖은 머리 사이로 흰머리가 한두 가닥 보였다.

─급한 일이야?

─몰라. 급하면 다시 전화하겠지.

─집에 빨래 널어놓은 건 어떻게 하고 왔니?

─빨래?

여행 전날 진이 희영의 집에 들러 빨래 건조대에 널어놓고 온 것들은 그대로 있을 것이다. 일주일에 두 번, 하원시킨 손녀를 데리고 희영의 집에 가서 진은 거실의 건조대와 욕실의 빨래통부터 확인했다. 희영은 빨래를 몰아서 했고 세탁기에서 꺼낸 것들을 전부 건조기에 집어넣었다. 건조가 끝나면 필요한 세탁물을 건조기에서 바로 꺼내 썼다. 진이 빨래 건조대에 널어놓고 가도 걷거나 개지 않아 늘 그 자리에 걸려 있었다.

희영의 신혼집에 놀러갔을 때도 진은 창문 아래 세워둔 빨래 건조대를 보고 놀랐다. 세탁한 지 얼마 안 된 빨래가 건조대 위에 무질서하게 걸려 있었다. 진은 커피를 내리는 희영에게 윗도리는 이렇게 널고 바지는 이렇게, 양말과 수건은 이렇게 널어야 잘 마르지, 하며 빨래 너는 시범을 보여주었다. 그러면서 생활 속에서 드러나는 희영의 무질서와 무계획과 대책 없음에 대해 몇 마디 했다. 진은 늘 희영의 회사생활과 결혼생활이 걱정스러웠고 좀더 책임감을 가졌으면 했다. 그때 희영은 뜨악한 표정으로 진을 쳐다보다가 커피가 든 컵을 건넸다.

—엄마, 왜 그렇게 인생을 피곤하게 살아. 그렇게 널어도 이렇게 널어도 빨래는 말라.

말을 마친 희영은 고개를 옆으로 돌린 채 커피를 마셨다. 진은 기분이 좀 상했고 희영도 더 얘기할 기분이 아닌 듯했다. 진의 걱정과 달리 희영과 사위는 지저분함과 무질서 속에서도 싸우지 않고 결혼생활을 잘 이어갔다.

—엄마.

희영이 물기 묻은 휴대폰을 가방에 넣으며 조용히 불렀다.

—왜 그렇게 빨래에 연연해. ……나는 아빠 사고 난 뒤로 편하게 살려고 애써.

희영의 얼굴에서 스무 살 때의 표정이 보였다.

—여행 왔으면 그런 건 잊고 쉬어.

희영이 진의 팔을 가볍게 쓰다듬은 뒤 다시 바다 쪽으로 걸어갔다. 진의 팔에 축축하고 따뜻한 감촉이 남았다. 진은 희영의 뒷모습, 학생 같은데 제법 중년 티가 나는 모순적인 뒷모습을 물끄러미 쳐다보았다. 마흔이 된 희영은 앞으로도 정리정돈에 서투르고 관심이 없는 상태로 살아갈 것이다. 바꿀 수 없다는 걸 아는데도 보고 있으면 잔소리가 나왔다. 진은 일흔 살이 되어가고 인생에 남은 시간이 그리 많지 않다는 걸 아는데도 여전히 빨래 생각에 매여 있었다. 그런 자신이 좀 답답하기도 했다.

　　—어머 자기야, 여기 파도 세다. 오랜만에 파도 타니까 좋네.
　　—거봐, 내가 재미있을 거라고 했잖아.
　　여자와 남자의 말소리와 웃음소리가 파도 소리처럼 진 쪽으로 밀려왔다. 두 사람은 좀전까지 바다에 들어갈까 말까 실랑이를 벌이더니 어느새 검은 튜브를 타고 바다 위를 떠다니고 있었다. 파도가 치고 지나갈 때마다 두 사람이 내는 소리가 이따금 제 엄마나 아빠를 부르는 손녀의 목소리나 파도 소리까지 다 지웠다. 진은 검고 커다란 고무 튜브의 양쪽에 매달려 바다 위에서 둥실거리는 늙은 연인을 보았다. 남자가 젖은 머리를 손으로 쓸어넘기자 주름진 이마가 훤하게 드러났다. 파도가 잠잠해지면 남자는 일어서서 튜브를 파도가 세게 이는 쪽으로 끌고 갔다. 그럴 때면 피케 셔츠가 몸에 달라붙어서 상체의 굴곡이 드러났다. 몸이 탄탄한 편이었지만 볼록 튀어나온 아랫배까지 감출 수는 없었다. 여자는 머리가 젖긴 했어도 틀어올린 상태 그대로였고 얼굴에는 화장기가 연하게 남아 있었다. 두 사람 다 비 맞는 것이나 바닷물에 젖는 것을 신경쓰지 않는 듯했다.

—자기야, 힘들지 않아?

—힘들긴. 노는 건데.

말끝에 두 사람 모두 큰 소리로 웃었다. 자기야, 라니. 진은 그들의 관계와 상관없이 시끄럽게 떠들어대는 목소리와 호칭이 망측스러웠다. 눈에 거슬린다고 생각하면서도 두 사람이 파도를 맞고 밀려나면서 큰 소리로 웃고 다시 파도를 향해 나아가는 걸 신기하게 지켜보았다. 남편이 살아서 나이가 들었다면 어떤 모습이었을까. 상상이 되지 않았다. 자신이 누군가와 함께 지냈다면 어떤 모습이었을지도 그려지지 않았다. 희영이 결혼하기 전에 진은 초등학교 동창 모임에 나갔다가 상처한 친구와 가까워졌다. 봄과 여름이 지나는 동안 공원 벤치에 앉아 커피도 마시고 극장에 가서 영화도 보았다. 동창은 그다음 계절, 그다음 해로 같이 나아가고 싶어했다. 그가 패키지 여행 얘기를 꺼낸 날, 진은 자기 전에 다이어리를 펴고 가능과 불가능의 이유에 대해 떠오르는 대로 적었다. 불가능의 목록이 월등히 길어지자 여기까지만, 이라고 쓴 뒤 한 페이지를 넘겼다. 사람들이 현실과 불가능의 목록을 무시하고 어떻게 그

너머로 나아갈 수 있는지 도무지 알 수 없었다.

희영의 휴대폰이 계속 울렸다. 꺼내보니 또 김팀이라고 떠 있었다. 전화는 끊어졌다가 다시 울렸다. 진이 일어나 이름을 불렀지만 파도를 타고 노느라 희영은 듣지 못했다. 진은 모자를 눌러쓴 다음 휴대폰을 쥐고 바다 쪽으로 걸어가 애. 전화, 하며 손을 흔들었다. 튜브를 낀 손녀가 와서 할머니, 같이 놀려고 온 거야? 했다.

—너네 엄마 회사에서 전화 왔다.

그러자 손녀가 희영을 향해 뛰어갔고 진은 휴대폰이 젖을까봐 손으로 덮은 채 희영 쪽으로 움직였다. 그러는 동안 리넨 셔츠가 젖고 슬리퍼 속으로 바닷물과 모래가 들어왔다.

—안 받아도 되는데 왜 가져왔어?

희영은 고개를 절레절레 흔들며 휴대폰을 건네받았다.

—할머니, 여기 조개 많아.

손녀가 진의 손을 잡아끌었다. 진은 손녀의 머리를 쓰다듬었다. 언제 이렇게 커서 말도 잘하고 물놀이도 야무지게 즐기는지. 손녀를 보면 세월이 흘러가는 게 아니라 쌓인다는 게 느껴졌다.

진은 바닷속에서 조심스럽게 움직였다. 바닷물은 생각만큼 차갑지 않았고 발이 보일 정도로 깨끗했다. 진은 축축해서 처지는 머리를 쓸어넘긴 뒤 모자를 고쳐 썼다. 하늘에서는 비가 내리고 바닷물은 진의 무릎 근처에서 찰랑거리고 뒤에서는 파도가 밀려왔다. 돌아서 나가려는 진의 등뒤에서 파도가 키를 높이며 다가와 등과 배와 가슴을 적셨다. 튜브가 없는 진은 휘청거리다 균형을 잃은 채 옆으로 넘어졌다. 손녀가 진을 보며 깔깔거리고 웃었다. 진은 자신이 용감한 할머니라는 걸 보여주기 위해 다리에 힘을 주었다. 얼른 일어나려고 했는데 그다음 파도가 진의 등을 때리고 지나갔다. 파도에 등짝을 세게 맞은 진은 모래사장까지 밀려났다. 모자는 저만치 날아가고 허벅지에는 모래가 수북이 쌓였다. 아이구야. 진은 주저앉은 채로 다음 파도의 세례를 받았다. 머리부터 발끝까지 다 젖고 나니 얼른 일어나야겠다는 생각도 들지 않았다. 진은 그런 상태로 물속에 잠시 앉아 있었다. 서두를 필요나 이유가 하나도 없다는 게 묘한 해방감을 선사했다.

파도는 높이와 강도가 매번 달랐다. 약한 파도는 부드럽게 출렁이며 몸을 통과했고 센 파도는 모든 걸 쓸어버리겠다는 듯 몰아쳤다. 어떤 파도는 진의 머리 위로 쏟아져서 몸을 완전히 다 적셨고 어떤 파도는 등만 슬쩍 밀고 지나갔다.

크다, 커, 나이든 남자가 저만치에서 기대감에 찬 목소리로 외쳤고 여자가 어머, 자기야, 하며 튜브를 꼭 잡았다. 그들은 여전히 주책스럽고 활기찼다. 멀리서 오는 파도를 본 딸과 사위의 표정에도 기대감이 어렸다. 키가 큰 파도가 바람에 실려오고 있었다. 남편이 죽었을 때 진은 겨우 마흔일곱 살이었다. 새치가 늘긴 했어도 젊은 편이었고 건강했다. 거리에서 손을 잡거나 팔짱을 끼고 걷는 중년의 부부나 연인을 보면 비현실적으로 느껴졌다. 그러면서도 샤워를 하다가 거울에 비친 자신의 벗은 몸을 보면 낯설었다. 어떤 날에는 사십대 후반이 혼자 보내기엔 너무 젊은 나이인 것 같았지만 실은 대부분의 시간을 늙은이의 마음으로 살았다. 진은 인생의 다른 가능성쪽으로 고개를 돌리지 않았다. 그때 동창에게 그래, 한번 가보자, 라고 했으면 어떻게 됐을까. 가끔 생각해봤지만 그런 미래는 진의 영역 너머에 있는 것이라서 그림이 그려지지 않았다. 미지의 영역으로 가보려는 사람들의 용기가 어디에서 나오는 건지, 진은 늘 궁금했다.

모두가 기대한 파도가 진의 눈앞에서 부서졌다. 무릎이 꺾여 앞으로 고꾸라진 진은 바다에 빠지며 물을 먹었다. 일어서며 캑캑거리는데 웃음이 터져나왔다. 옴짝달싹 못하겠네. 튜브를 허리에 두른 손녀가 와서 할머니. 파도가 진짜 힘이 세지? 하고 갔다. 얼굴 위로 비가 쏟아지는데 가릴 것도 없고 머리부터 발끝까지 흠뻑 젖으니 시원하고 후련했다. 왜 여태 이런 기분도 모르고 살았을까. 딸은 딸대로, 사위는 사위대로 자기 자리에서 파도를 맞았다. 파도 하나하나의 높이가 다 달랐고 최고의 파도는 계속 경신되었다. 비 오는 바다에서 파도를 맞는 건 살면서 처음 경험해보는 일이었다. 그게 뭐라고 좋아서 눈물이 났다.

진은 자신도 모르게 더 큰 파도 쪽으로 몸을 움직였다. 젖은 옷으로 어떻게 호텔로 돌아갈지에 대해서는 생각하지 않기로 했다.

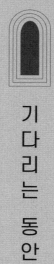

기다리는 동안

좌회전 신호를 기다리는 동안 눈이 내리기 시작했다. 인희는 핸들을 잡은 채로 앞 유리에 천천히 내려앉는 하얗고 커다란 눈송이를 보았다. 실제가 아니라 가상의 배경에서 내리는 것 같았다. 눈이 유리에 점점이 붙어서 와이퍼를 작동시켰다.

전자제품 대리점 옆길로 들어가 좌회전하자 상가 건물과 빌라들이 늘어선 주택가의 풍경이 나타났다. 인희는 속도를 줄이며 골목 중간쯤에 자리한 중앙맨션 쪽으로 이동했다. 오후 다섯시의 주택가는 한적했다. 거리에 오가는 사람이 없고 눈송이만 건물들 사이를 떠다니다 가만히 내려앉았다. 중앙맨션의 주차장은 301호와 401호, 재영이 사는 402호, 총 세 자리가 비어 있었다. 인희는 재영의 차가 없는 걸 확인하고 한숨을 길게 내쉬었다. 이제 재영의 차가 들어올 때까지 근처에서 기다리기만 하면 되었다. 맨션 맞은편의 (주)김성 사무실 앞에 주차되어 있던 붉은색 지프차도 보이지 않았다. 예전에 가족이나 지인들이 놀러왔을 때 붉은색 지프차가 없으면 거기 차를 대기도 했다.

인희는 김성 사무실 앞에 주차한 뒤 안전벨트를 풀었다. 운전석에서는 중앙맨션이 정면으로 보였고 고개를 옆으로 돌리면 골목으로 차가 들어오고 나가는 것도 지켜볼 수 있었다. 화강암으로 마감한 중앙맨션의 외관은 이 년 전과 달라진 게 없었다. 현관문까지 이어지는 외부 계단과 유리로 된 공동 현관문, 아치형 지붕과 그 위에 쓴 중앙맨션이라는 검은색 글씨까지 인희가 살던 때의 모습 그대로였다.

인희는 의자를 뒤로 민 뒤 등받이를 살짝 젖혔다. 차를 몰고 올 때는 감정이 격했는데 주차를 하고 나니 학회라도 마치고 온 것처럼 피로감이 몰려왔다. 402호 창문을 쳐다보며 재영에게 전화했다. 어제부터 오늘까지 인희의 최근 통화 목록에는 재영의 이름만 찍혀 있었다. 음성사서함으로 넘어간다는 안내가 나올 때까지 신호음이 울렸고 통화 실패 횟수를 나타내는 괄호 안의 숫자는 10으로 늘었다. 인희는 왼손으로 정수리 부근의 머리카락을 만지작거렸다. 전화를 받지 않는 그가 인희의 이름을 뭐라고 저장해놓았는지 궁금했다. 인희는 결혼생활

중에도 이혼한 뒤에도 줄곧 김재영으로 저장해둔 상태였다.

창문 위에 내려앉는 눈송이들은 육각형의 결정체가 보일 정
도로 커다랬다. 여전히 차 밖의 세계에만 내리는 이미지 같았
다. 인희는 히터의 온도와 세기를 조절한 뒤 라디오의 주파수
를 맞췄다. 클래식과 가요를 지나 올드 팝의 익숙한 멜로디가
나오는 채널에서 멈췄다. Oh when I'm old and wise. Bitter
words mean little to me. 나이가 들어 현명해진다거나 쓴소
리에서 자유로워진다는 가사가 다른 사람들의 얘기 같았다.

이 주 전 아침에 인희는 집주인의 전화를 받았다. 오피스텔
을 계약한 뒤 처음이었다. 집주인은 칠십대의 노부인이었는데
너무 점잖아서 사는 동안 이 집에 주인이 따로 있다는 걸 잊고
지냈다. 노부인은 조심스럽게 오피스텔 매수 의사가 있는지
물었고 계약을 연장한다면 월세로 전환하고 싶다고 했다. 인
희는 생각해보고 연락드리겠다고 한 다음 전화를 끊었다. 강
의 시간에 인희는 사회복지 시스템에 대해 얘기하다가 자신도
모르게 목소리를 높였다. 수업에 집중하던 학생 중 한 명이 고
개를 갸웃거렸고 또 한 명은 표정이 굳었다. 남은 강의와 강의
평가를 떠올리다가 인희는 이제 그런 것이 자신과 상관없어졌
다는 걸 깨달았다.

수업을 마친 뒤 사회대 건물 밖으로 걸어나오는데 찬바람이

불며 하늘이 소리 없이 불타오르고 있었다. 오랜만에 인희는 주차장에 서서 하늘에 번지는 붉고 푸르고 어두운 색의 노을을 보았다. 해가 뉘엿뉘엿 지듯이 한 해가 가고 있었다. 인희는 목덜미 부근의 머리카락을 손가락으로 천천히 꼬았다. 날은 점점 추워질 것이고 오피스텔 매수나 월세 전환에 대해서도 마음을 정해야 했다.

세상의 모든 색이 어둠에 잠기는 것을 보다가 재영의 연락처를 찾았다. 이혼 무렵에 서류와 집 문제로 몇 번 연락을 주고받은 뒤 이 년 만이었다. 둘 사이에는 해결해야 할 문제가 남아 있었다. 이혼할 때 재영은 원룸 세입자의 계약이 끝나는 대로 보증금을 돌려받아 남은 위자료를 해결하겠다고 했다. 계약이 마무리될 시점이 다가왔지만 재영은 나서서 문제를 해결하는 타입이 아니었다. 인희도 돈문제나 약속 얘기를 먼저 꺼내고 싶지는 않았다. 그러나 문밖에는 나쁜 소식들이 기다리고 있었다. 인희는 교수 임용에서 또 미끄러졌고 다음 학기 강의를 쉬어야 했다. 언제 다시 출강할 수 있을지 알 수 없었지만 이사를 가고 싶지도 않았다. 그게 인희가 이 년 만에 재영의 연락처를 찾은 이유였다.

인희는 재영의 번호를 보다가 통화 버튼을 눌렀고 연결음을 들으며 안전벨트를 맸다. 내비게이션에 뜨는 도착 시간은 훌쩍 늘어나 있었다. 통화 연결음이 열 번 정도 울렸는데도 재영

은 전화를 받지 않았다. 한번 더 걸까 하다가 부재중 전화를
확인하면 연락하겠지, 생각하고 차의 시동을 걸었다. 노을을
보고 출발하는 바람에 하늘이 완전히 까매질 때까지 퇴근길
도로에 매여 있었다.

귀가한 인희는 식탁에 앉아 학생들이 제출한 리포트를 채점
했다. 밤 열시가 넘었는데도 재영은 전화하지 않았다.

—원룸 어떻게 할 거야? 곧 12월이야.

인희는 메시지를 보냈다. 재영의 답은 자정 무렵에나 도착
했다.

—원룸에 문제가 좀 생겼어. 해결되면 연락할게.

인희는 왼손으로 정수리 부근의 머리카락을 꼬았다. 주제에
서 벗어난 리포트에 몇 점을 줘야 하나, 고민하던 중이었다.
재영의 메시지를 받고 바로 통화 버튼을 눌렀다. 전화를 받을
수 없다는 안내가 나왔다. 인희는 찬물을 한 잔 마신 뒤 뻑뻑
해진 눈에 인공 눈물을 넣었다.

—빨리 해결해. 일 복잡하게 만들지 말고.

인희는 휴대폰을 내려놓고 목과 어깨를 돌려 스트레칭을 한
뒤 두통약을 한 알 삼켰다.

그뒤로 이 주 동안 수업이 끝나면 늘 운전석에 앉아 재영에
게 전화했다. 재영은 전화를 받지 않고 메시지만 두 번 보냈다.

—아직 세입자가 안 나갔어. 나가면 팔아서 돈 보낼게.

—내보내든지 팔든지 빨리 해결해.

　—세입자가 말이 안 통해. 집도 안 보여주고 연락도 안 돼. 나도 죽을 맛이다.

　메시지가 와서 전화를 걸면 재영은 받지 않았다. 인희는 머리카락을 세차게 꼬다가 몇 가닥 뽑아버렸다.

　팝송이 끝난 뒤 라디오에서 수도권 대학의 신입생을 모집하는 광고가 나왔다. 인희는 라디오를 꺼버렸다.

　오늘 아침까지만 해도 중앙맨션 앞에 와서 기다릴 생각은 없었다. 기말고사 시험 문제도 마무리해야 했고 이혼 전 살던 곳을 다시 찾는 것도 내키지 않았다. 출근하기 위해 샤워를 한 뒤 거울을 보는데 젖은 머리 사이로 허옇게 빈 곳이 여러 군데 보였다. 인희는 흘러내린 머리카락을 대충 반대쪽으로 넘겼다. 미용사가 가르마를 자주 바꾸는 게 탈모 방지에 좋다고 했던 게 떠올랐다. 효과는 모르겠지만 잠깐의 눈속임은 가능할 것 같았다. 물기가 마른 몸에 보디로션을 바르며 인희는 사는 것도 피부도 너무 팍팍하다는 생각을 했다. 팔꿈치와 무르팍처럼 건조한 곳에 로션을 한번 더 발랐다.

　강의가 끝난 뒤에는 사회대 건물 뒤편에 주차해놓은 차에 잠시 앉아 있었다. 하늘은 뭔가 내릴 것처럼 흐렸다. 차가운 시트에 앉아 집주인의 부재중 전화와 메시지를 확인했다. 매매나 재계약 여부에 대해 빨리 알려주면 좋겠다는 내용이었다. 이 주 전에 통화했을 때의 목소리나 수업중에 도착한 메시지 모두 할 얘기만 담백하게 전달했으나 인희는 심한 압박감을 느꼈다. 이사를 원하지 않았고 그러려면 재영이 위자료를 해결해야 했다. 차에 시동을 건 뒤 재영에게 다시 전화했다. 연결음을 듣다가 재영의 학교로 차를 몰았다. 집도 있고 학교 연구실도 있고 정년도 보장되는 인간이 이 주 동안 매일 전화했는데도 모르는 척하고 구걸하는 기분이 들게 만드는 게 견디기 힘들었다.

—전화 받아. 뭘 어떻게 하자는 건지 모르겠는데 제대로 설명하고 해결해.

메시지를 보낸 뒤 가만히 있을 수 없어 인희는 가속페달을 밟았다. 인희가 기다리는 일들은 너무 멀리서 더디게 오거나 인희를 지나쳐 갔다.

재영의 학교까지는 삼십 분 정도 걸렸다. 정문으로 들어가는 차보다 일과를 마치고 학교 밖으로 나가는 차가 더 많았다. 문과대 표지판이 나타나자 인희는 그쪽으로 방향을 틀어 주차했다. 학교 안쪽의 사회대로 걸어가는 동안 수업이 끝난 학생들이 인희 옆을 지나 정문 방향으로 이동했다. 흐린 하늘을 보더니 오늘 눈 올 것 같네, 눈 오는 날은 알바하기 싫은데, 그럼 가지 마, 째버려, 하고 소리 내어 웃었다. 공기가 찼지만 바람이 불지 않아 입김은 멀리 흩어지지 않았다.

사회대 로비는 불을 켜놓았는데도 어둑했다. 바닥과 벽에 밴 차고 눅눅한 냄새가 공기 중에 떠다녔다. 재영의 학교와 연구실 건물에 들어가는 것도 이 년 만이었다. 벽에 붙어 있는 강의실과 교수 연구실 안내판, 계단 입구 쪽에 세워둔 대형 거울까지 예전 그대로였다. 인희는 표면이 어룽거리는 거울을 보다가 뒷머리를 꼬고 있던 손을 코트 주머니에 넣었다. 심호흡을 한 뒤 재영의 연구실 호수를 확인했고 고개를 조금 숙인 채 계단을 올라갔다. 삼층까지 가는 동안 왼편으로 내려가는 사람들의 얼굴을 쳐다보지 않았다.

삼층에 도착해서 연구실이 늘어선 왼편 복도를 바라보았다. 강의실이 있는 오른쪽 복도와 너비가 같은데 더 좁고 어둡게 느껴졌다. 복도 끝에 있는 창문으로 희미하게 빛이 들어와 경계를 만들었다. 인희는 다른 교수들의 방을 천천히 지나 중간에 위치한 재영의 연구실 앞에 섰다. 회색 페인트로 칠한 오래된 철문 위에 명패와 안내판, 시간표가 붙어 있었다. 그것들은 반듯하고 견고하게 안과 밖을 나누었다. 수요일은 오전에 세 시간 수업이 있고, 그다음이 6, 7교시라 재영의 강의는 다 끝난 상태였다. 안내판의 붉은색 화살표는 강의중, 회의중, 상담중, 부재중, 재실, 외출중 중에 정확히 부재중을 가리키고 있었다. 인희는 노크를 할까 하다가 문에 가까이 다가서서 안쪽의 소리에 귀 기울였다. 그런 다음 쇠로 된 동그란 문손잡이를 조심스럽게 돌려보았다. 손잡이가 꼼짝도 하지 않아 문에 귀를 바짝 댄 채 몇 번 더 거칠게 돌려보았지만 마찬가지였다.

계단을 내려오며 인희는 부재중과 외출중의 차이에 대해 생각했다. 이 년 전 재영은 수요일에 약속을 잡지 않았고 수업이 끝나는 대로 귀가하는 편이었다. 남은 목, 금 수업을 위해 체력을 비축해두어야 한다고 했다. 차로 돌아와 인희는 내비게이션에 재영이 살고 있는 중앙맨션의 주소를 입력했다. 그 동네에서 위자료 문제를 얘기하고 싶지는 않았지만 달리 방법이 없었다.

공기가 건조해서 인희는 히터를 껐다. 얼굴이 따끔거리고 눈도 뻑뻑했다. 차 안에 흐르는 정적을 걷어내려고 라디오를 켰다.

DJ는 지금 내리는 것이 첫눈인지 아닌지에 대해 얘기했다. 며칠 전 새벽에 내린 게 첫눈이라는 사연과 자신이 직접 못 본 건 첫눈이 아니라는 사연이 엇갈렸다. 인희는 운전석에 기대앉아 두 손을 코트 주머니에 넣었다. 손끝에 무언가 만져져 꺼내보니 학교 근처 카페에서 결제한 영수증과 다 쓴 인공 눈물 케이스였다. 인희는 그것들을 콘솔 박스 뒤에 매달아놓은 휴지통에 버렸다. 안이 가득차서 뚜껑이 조금 들떴다. 재영이 언제 올지 알 수 없었다. 장갑이나 긴 패딩이 있으면 좋을 텐데 짙은 네이비 색상의 모직 코트는 얇은데다 오래 입어서 옷 감이 나달거렸다. 금세 손이 시려워져 인희는 코트를 바짝 여민 뒤 팔짱을 꼈다. 양손을 겨드랑이 아래에 넣으니 조금 따뜻해졌다.

사연 뒤에 이어지는 노래를 들으며 재영에게 다시 전화를 걸고 메시지를 보냈다.

—빨리 연락해. 우리 집주인도 전화했어. 나도 그쪽에 답을 줘야 돼.

인희는 코트 소매 안쪽에 붙은 보풀을 하나씩 잡아 뜯었다. 떼어낸 보풀을 손안에서 뭉치자 엄지손톱만해졌다. 꽤 많은 보풀을 떼어냈는데도 오래 입은 코트의 소매는 깔끔해지지 않았다. 네이비색의 보풀들을 엄지와 검지로 계속 굴렸다. DJ가 눈에 미끄러진 청취자의 사연을 읽으며 소리 내어 웃었다. 인희는 보풀 뭉치를 손에 든 채 코트의 다른 부분을 살펴보았다. 옆구리와 주머니 부분의 보풀을 좀더 떼다가 그만두었다. 노래를 기다렸는데 광고가 이어졌다. 주파수를 이리저리 옮기다가 꺼버렸다.

인희는 골목을 둘러보았다. 여전히 인적이 없고 거리는 눈으로 하얗게 덮여갔다. 인희는 정수리 부분의 머리카락을 만지작거리다가 선바이저에 달린 거울을 보았다. 아침에 바꾸었던 가르마가 원래 상태로 돌아가서 붕 뜬 정수리 아래로 두피가 그대로 드러났다. 인희는 머리카락을 다시 반대쪽으로 넘겼다. 재영에게 전화하고 메시지를 보내면서 신경을 곤두세웠더니 머리가 지끈거렸다. 미용사는 이를 악물면 머리에 열이 올라 정수리 탈모의 원인이 된다고 했다. 미용사에게 손으로 머리카락을 꼬고 정수리 부분의 머리카락을 뽑는다는 얘기는 하지 않았다.

골목으로 차가 들어올 때마다 인희는 재영의 흰색 차인지 살폈다. 음식 배달을 하는 오토바이 몇 대가 지나가며 눈 위에 바큇자국을 길게 남겼다. 택배 기사가 맨션 주차장 앞에 차를 비스듬히 세워놓고 내렸다. 얇은 상하의에 조끼 차림이었다. 기사는 박스를 몇 개 꺼내더니 맨션의 계단을 뛰어올라갔다. 바닥이 미끄러울 텐데 움직임이 날렸다.

히터를 껐는데도 공기가 건조했다. 생수가 한 병 있었던 것 같은데. 인희는 콘솔 박스를 살펴본 뒤 글러브 박스를 열었다. 자동차 등록증과 선글라스, 선크림, 물티슈, 자양강장제와 두통약이 뒤죽박죽 들어 있었다. 인희는 뒷좌석을 돌아보았다. 수업시간에 썼던 프린트와 책들이 쌓여 있고 급하게 격식을 차려야 할 때 걸치려고 가져다둔 검은색 재킷이 옷걸이에 걸

려 있었다. 봄과 가을에 무난하게 걸치기 좋은 재질과 두께의
옷인데 한 학기 내내 차에 싣고만 다녔다. 재킷의 팔에서 가슴
까지 주름이 여러 갈래 졌고 가슴팍에 희끗한 얼룩이 미세하
게 남아 있었다. 날이 추워졌고 종강이 얼마 남지 않았다. 다
음 학기에는 저 재킷을 챙겨 다닐 필요가 없을 것이다. 내년에
대해 생각하면 인희는 손끝이 차가워졌다. 옷걸이에서 검은
재킷을 끌어내려 무릎 위에 덮었다.

　다섯시 삼십분이 되자 오래 버텨야 할지도 모르겠다는 생각
이 들었다. 목이 마르고 뜨거운 커피 생각이 나서 인희는 지갑
을 챙겼다. 차문을 열려고 하는데 투명한 비닐우산을 쓴 여자
가 중앙맨션 쪽으로 걸어왔다. 크로스백을 메고 한 손에는 장
바구니를 든 채 미끄러질까봐 조심조심 움직이는 모습이었다.
여자가 든 갈색 장바구니 하단에 검은색으로 조그맣게 M마트
라고 인쇄되어 있었다. 둥근 얼굴에 컬이 살아 있는 짧은 파마
머리가 낯익었다. 인희는 차문에서 손을 뗐다. 여자가 맨션의
계단 앞에 섰을 때 인희는 그녀가 201호 사람이라는 걸 기억
해냈다. 인희와 재영의 이삿짐이 들어오던 날에 먼저 차가운
생수를 들고 와서 402호에 이사오신 분들이지요? 하고 말을
건넬 정도로 붙임성이 좋고 친절한 여자였다. 무표정할 때조
차 웃는 것 같은 인상이었다. 인희의 팔을 가볍게 잡아끌며 주
차장 자리와 건물 청소 비용을 안내해주었고 재활용 쓰레기

내놓는 장소와 날짜도 알려주었다. 중앙맨션에 사는 동안에 동네에서 마주치면 먼저 웃으며 인사했다.

201호 여자는 계단 앞에서 우산을 접어 털고 신발에 묻은 눈도 발을 굴러 털어냈다. 현관으로 올라가기 전에 눈이 내리는 하늘을 올려다보더니 고개를 돌려 맨션 앞을 휙 둘러보았다. 인희는 자신도 모르게 시선을 피했다. 여자는 우산을 든 손으로 계단 난간을 잡고 천천히 올라갔다. 인희의 차나 인희는 못 본 것 같았다. 공동 현관문 안으로 들어가더니 여자가 안쪽 계단 앞에 미끄럼 방지 매트를 깔았다. 맨션에 사는 동안 비나 눈이 오면 계단 앞에 미끄럼 방지 매트가 나타났다가 어느 순간 사라지곤 했었다.

201호 여자가 남긴 발자국 위로 눈송이가 떨어졌다. 발자국이 흐릿해지는 걸 보다가 인희는 지갑과 휴대폰을 챙겼다. 차에서 내려 허리를 펴고 팔과 어깨를 움직여 몸을 풀었다. 새끼손톱만한 눈송이가 외투의 어깨와 팔뚝에 내려앉았다. 안에서 보던 것보다 눈송이가 더 컸다. 차의 지붕과 보닛, 트렁크 위에도 눈이 쌓였다. 언제 세차를 했는지 기억나지 않았다. 학기 중에는 아침에 정신없이 차를 몰고 나와 학교 주차장에 버리듯 세워두었다. 주유하러 가서도 세차장 앞에 줄 서 있는 차들을 보고 여러 번 핸들을 돌렸다. 다행히 진한 회색빛이라 오염에 강했고 이동식 창고 역할에도 충실했다. 트렁크에 있는 우산을 꺼내 쓸까 하다가 귀찮아서 그냥 두었다.

인희는 골목 위쪽 M마트 방향으로 걸어갔다. 얇게 쌓인 눈이 검은색 가죽 단화 밑창에 들러붙어서 가끔 발을 굴러 눈을 털어냈다. 인희는 고개를 돌려 골목에 찍힌 자신의 발자국을 보았다.

마트 맞은편에 있던 작은 카페는 그사이 간판과 인테리어가 달라져 있었다. 인희는 카페 문 앞에서 코트와 머리에 묻은 눈을 털고 안으로 들어갔다. 테이블에 자리잡은 사람들이 음료를 마시며 눈 내리는 창밖을 바라보고 있었다. 카페 안에는 크리스마스캐럴이 흘렀다. 부드럽고 느린 템포로 연주하는 재즈풍의 곡이었다. 귀에 익은데 제목은 기억나지 않았다. 테이블에 앉아 있는 사람들 중 누군가가 허밍으로 조그맣게 멜로디를 따라 불렀다. 카운터 옆에 서 있는 크리스마스트리에 달린 작은 전구들이 리듬에 맞춰 점멸했다. 눈과 캐럴, 크리스마스트리 모두 올해 처음 보는 것이었다. 커피를 주문한 뒤 인희도 잠시 창밖을 내다보았다. 운전석에 앉아서 보고 골목을 걸으면서 맞던 눈과 똑같은 눈인데도 다르게 느껴졌다.

주문한 커피가 나오자마자 인희는 뚜껑을 열고 한 모금 마셨다. 더운 김과 묵직한 커피 향이 차고 건조한 얼굴을 덮었다. 창가에 서서 뜨거운 커피를 몇 모금 더 마셨다. 창틀 앞에는 새끼손가락만한 장식품들이 일정한 간격으로 서 있었다.

썰매를 탄 산타와 선물 꾸러미를 든 산타, 북 치는 소년과 지팡이를 든 동방박사들과 등에 날개를 단 아기 천사. 팬시점에 가면 볼 수 있는 평범한 장식품들이었다. 인희는 산타의 웃는 눈과 천사의 발그레한 뺨을 바라보며 그들의 얼굴이 모두 똑같이 생겼다고 생각했다.

한 손으로 커피를 들고 한 손은 머리 위에 얹어 눈을 막으며 차로 돌아왔다. 어깨에 내려앉은 눈을 털어낸 뒤 운전석에 앉았다. 차 안에서 커피를 마시며 카페 안에 흐르던 캐럴의 제목을 기억해내려 애썼지만 테이블에 앉아 눈 내리는 창밖을 바라보던 사람들의 표정과 장식품들의 얼굴만 떠올랐다.

김성 사무실에서 나온 남자 둘이 인희의 차 트렁크 뒤에 서서 담배에 불을 붙였다. 한 사람은 검은색 긴 패딩을 입고 있었고 한 사람은 회색 모직 코트 차림이었다. 둘 다 한 손을 주머니에 넣고 어깨는 옹송그린 채 담배를 피웠다. 입에서 입김과 연기가 흘러나왔다. 룸미러로 두 사람을 보며 인희는 그들이 얼른 담배를 다 피우고 사무실에 들어가기를 바랐다. 검은 패딩은 피우다 만 담배를 손에 들고 있었고 모직 코트는 다 피운 담배의 끝을 손가락으로 튕긴 뒤 꽁초를 주머니에 넣었다.

모직 코트가 사무실로 들어간 뒤 검은 패딩을 입은 남자가 운전석으로 다가왔다. 주먹을 쥔 채 손가락 관절로 창문을 빠르게 두 번 두드렸다. 인희는 눈만 움직여 검은 패딩을 살폈다. 검은 패딩은 주먹을 들이민 채로 운전석 안을 들여다보고 있었다. 인희는 커피를 콘솔 박스에 꽂은 뒤 창문을 조금 내렸다.

"어디 오신 거예요?"

검은 패딩의 목소리는 차분했다. 인희는 잠시 망설이다가 목을 가다듬었다.

"요 앞에, 맨션에 잠깐 왔어요."

남자는 사무실 앞의 중앙맨션을 힐끗 쳐다보았다.

"여기 주차하시면 안 돼요."

남자는 손으로 김성 사무실을 가리켰다.

"사무실에 차 들어와야 되거든요."

인희는 알았다고 대답한 뒤 창문을 올렸다. 남자는 사무실에 들어가지 않고 인희의 차가 출발할 때까지 그 자리에 서 있었다. 인희는 일단 골목 밖으로 나갔다. 맨션의 출입문을 볼 수 있는 곳에는 주차할 만한 자리가 없었다. 큰길가로 나가서 다시 좌회전 신호를 받았다. 골목으로 들어오며 김성 사무실 앞에 검은 패딩이 있는지 살폈다. 검은 패딩도 없고 주차 자리도 그대로 비어 있었다. 재영의 차도 아직 들어오지 않았다. 다시 골목을 천천히 한 바퀴 돌며 주차할 자리를 찾았다. 눈은 소리 없이 내려 주차된 차들의 지붕과 화단과 상가의 입간판

위를 살짝 덮었다. 여섯시가 되니 주위가 어둑해졌다. 인희는
어쩔 수 없이 중앙맨션의 402호 자리에 주차했다.

여섯시가 넘어가자 대기 중에 검은 물감을 푼 듯 어둠이 진
해졌다. 밤이 되는구나, 생각한 순간 골목의 가로등이 일제히
불을 밝혔다. 맨션 골목을 보고 있으니 몇 년 전 겨울 퇴근길
에 마주했던 저녁들의 색채와 정취가 떠올랐다. 골목으로 이
따금 택배 차와 학원 차량이 들어왔지만 재영의 차는 나타나
지 않았다. 인희는 통화 연결음을 들으며 손가락으로 머리카
락을 마구 꼬았다. 재영에게 할 말들도 쌓인 상태였다. 음성사
서함 안내가 나온 뒤에 전화를 끊고 메시지를 입력했다. 자꾸
오타가 나서 음성 인식 기능을 켰다.

"너는 여전하구나. 불리하면 입 다물고 뒤로 숨고."

인희의 목소리가 조용한 차 안에 울렸다.

"언제까지 해결할 건지 얘기해."

말이 끝날 때마다 하나씩 전송했다.

"내가 이러다 말 것 같지?"

테이블 너머에 입 다물고 앉아 있는 사람에게 따지듯 미간
에 힘을 주었다.

"어디까지 가는지 한번 봐."

몸안의 피가 빠져나간 것처럼 휴대폰을 쥔 손이 차가워졌다.

내리는 눈의 양이 줄어들더니 완전히 그쳤다. 김성 사무실의 문은 굳게 닫혀 있고 주차 공간에 차도 들어오지 않았다. 발자국이 찍히지 않은 눈만 하얗게 쌓여 있었다. 사무실 옆에는 임대 표시가 붙은 불 꺼진 점포와 환하게 불을 밝힌 네일숍이 나란히 있었다. 두 곳 모두 사람은 보이지 않았다.

차의 주유 경고등에 불이 들어와 있었다. 방금 켜진 건지 내내 켜져 있었던 건지는 알 수 없었다. 인희는 시동을 끄고 식어가는 커피를 마셨다. 차는 죽은 짐승처럼 고요했다.

눈이 건조해서 화장품 파우치를 열어 인공 눈물을 찾았다. 언제나 여러 개 챙겨 다녔는데 낮에 쓴 게 마지막 눈물인 모양이었다. 콘솔 박스와 글러브 박스를 다시 뒤져봤지만 필요하지 않은 것만 잔뜩 들어 있었다. 가방 안에도 수업 때 썼던 교재 파일과 필통, 다이어리, 이름과 얼굴이 매치되지 않는 명함 여러 장이 들어 있을 뿐이었다. 인희는 명함들을 구겨 휴지통에 쑤셔넣었다. 보조 포켓과 파우치 안에도, 눈물 몇 방울이 들어 있는 그 작은 플라스틱 케이스가 없었다. 인희는 글러브 박스 안에 있던 두통약을 남은 커피와 함께 삼켰다. 예전이나 지금이나 산다는 건 오래된 책장 앞에서 서성이는 일 같았다. 칸칸마다 책을 쌓아두어 더는 꽂을 데가 없이 빽빽한데 정작 필요한 책은 찾지 못했다. 분명히 있는 것 같은데, 끙끙거리며 헤맬 때는 보이지 않다가 자신의 기억을 신뢰하지 못해 새로 주문하고 나면 슬그머니 나타나는 식이었다.

골목의 빌라와 맨션 창문 몇 개가 네모나게 빛났다. 김성 사무실의 닫힌 문 아래로도 빛이 새어나와 바닥이 하얗게 빛났다. 재영과 심하게 싸우고 난 밤이나 새벽에도 인희는 차에 앉아 있곤 했다. 김성 사무실 문과 가로등 불빛을 멍하게 보거나 핸들에 머리를 묻은 채 소리 죽여 울었다.

차 안의 공기가 차게 식어 인희는 검은색 재킷으로 다리를 꽁꽁 감쌌다. 다시 재영에게 전화를 걸었다. 벨이 대여섯 번 울리면 끊고 다시 통화 버튼을 누른 뒤 벨이 몇 번 울리면 다시 종료했다. 인희는 통화와 종료 버튼을 반복적으로 눌렀다. 재영의 휴대폰에 부재중 전화 표시가 무겁고 단단하게 쌓이기를 바랐다. 손끝이 시리고 숨을 쉴 때마다 입김이 흘러나왔다.

맨션 주차장으로 차가 들어왔다. 헤드라이트가 인희의 차 쪽으로 쏟아지다가 옆으로 움직였다. 주위가 밝아지면서 검은색 세단이 옆 주차 공간에 능숙하게 주차했다. 여자가 먼저 차에서 내린 다음 운전석에서 남자가 내렸다. 401호 부부였다. 두 사람은 주차장 입구에 서서 402호 자리에 주차된 인희의 차를 쳐다보았다. 이 년 전까지만 해도 진회색 중형차가 늘 이 자리에 주차되어 있었다는 걸 기억해낸 듯했다. 401호 부부는 인희의 차를 힐끔거리며 서로의 얼굴을 가까이 하고 말을 주

고받았다. 인희에게는 그들의 대화가 들리지 않았지만 그들이
자동차와 재영과 인희에 대해 이야기하리라는 건 짐작할 수
있었다. 남자가 번호판을 확인하려는 듯 몸을 기울였고 인희
는 두 손으로 핸들을 꼭 잡은 채 고개를 숙였다. 여자가 조수
석 쪽으로 다가와 차 안을 가만히 들여다보았다. 무엇을 확인
하고 싶은지 눈빛이 집요했다. 인희는 여자가 창문을 두드릴
까봐, 인희가 창문을 내리고 얼굴을 드러낼 때까지 두드리는
걸 멈추지 않을까봐 어깨를 움츠렸다.

여자는 운전석의 인희를 보다가 남자 쪽으로 돌아갔다. 차를
곁눈질하며 남자의 귓가에 대고 뭐라고 이야기하자 남자가 고
개를 여러 번 끄덕거렸다. 인희는 401호 부부가 나누는 얘기가
무엇인지 궁금하지 않았고, 별거 아닌 내용일 거라는 것도 알
았다. 다만 시간이 너무 느리게 흘러 숨이 막힐 것 같았다.

두 사람이 주차장을 떠나 맨션 안으로 들어간 뒤에야 인희
는 몸에 힘을 풀고 숨을 몰아쉬었다. 공동 현관문이 닫히는
것을 보며 손으로 머리카락을 잡아당겼다. 속으로 천천히 숫
자를 세는 동안 한 가닥, 두 가닥 머리카락이 뽑혀서 손가락
사이로 떨어졌다. 100이 될 때까지 끈기 있게 기다렸다. 그
정도의 시간이면 두 사람은 401호 현관문을 열고 들어가 겉
옷을 벗은 뒤 침실이나 욕실 중 한 군데에 자리잡을 것이다.
TV나 휴대폰을 보느라 주차장에서 마주친 차에 대해서는 잊

게 될 것이다. 100까지 센 다음 인희는 차에서 내렸다. 밖에서 기다린 한나절의 시간이 진회색의 차 위에 고스란히 쌓여 있었다. 지붕에 손을 대자 차갑게 얼어붙은 눈의 실체가 느껴졌다.

인희는 질척거리고 미끄러운 중앙맨션의 외부 계단을 조심스럽게 올라갔다. 난간 손잡이가 얼음 같았다. 공동 현관문을 밀고 들어가자 머리 위의 센서등이 켜졌다. 바닥에는 201호 여자가 꺼내놓은 두툼한 미끄럼 방지 매트가 깔려 있었다. 인희는 거기에 신발을 문지른 뒤 이층을 지나 삼층으로 올라갔다. 맨션 안은 조용했고 한 층씩 올라갈 때마다 센서등이 켜졌다. 공기 중에 카레 냄새가 섞여 있었다.

사층에 올라가서 인희는 401호의 현관문을 쳐다보았다. 그리고 거기 귀를 가만히 대보았다. 아무 소리도 들리지 않았다. 인희는 고개를 돌려 402호의 현관문을 바라보았다. 도어 록은 처음 이사왔을 때 설치했던 것 그대로였다. 오래전 모델이라 바를 위로 올린 뒤 네 자리 숫자와 별표를 누르는 방식이었다. 인희는 바를 올린 뒤 숫자들을 보았고 이 집에 살 때 썼던 비밀번호를 천천히 누른 뒤 바를 내렸다. 잠금이 해제되는 소리가 났다. 인희는 주먹을 쥐고 있던 손을 풀었다.

문을 열고 들어가자 현관의 센서등이 켜졌다. 집안에서는 인희가 맡아본 적 없는 냄새가 났다. 곰팡내 같기도 하고 바싹 마른 흙 냄새 같기도 했다. 흐린 센서등 불빛에 드러난 거실의 풍경은 인희가 트렁크를 끌고 나오며 돌아봤던 때 그대로였다. 인희는 조심스레 신발을 벗고 안으로 들어갔다. 실내에서 신던 슬리퍼는 보이지 않았다. 난방을 꺼놓았는지 바닥이 찼다. 인희는 거실의 불을 켜지 않고 어둠 속에 서서 공간이 눈에 익기를 기다렸다. 창밖에서 가로등 불빛이 새어들어왔다.

책장과 소파, 커다란 탁자가 희미하게 윤곽을 드러냈다. 인희는 거실과 부엌을 둘러보았다. 거실 탁자 위에 책 몇 권과 노트, 볼펜과 연필, 세 개의 머그컵, 겹쳐놓은 컵라면 용기, 바싹 마른 티백이 두서없이 널려 있었다. 노트북 옆에 놓인 스킨답서스는 가지와 잎이 축 늘어져 납작해져 있었다. 인희는 흐물거리는 연둣빛 잎사귀를 보다가 화분의 흙을 만져봤다. 물기가 전혀 없는 흙이 손끝에서 부서졌다.

탁상 달력에는 오늘 날짜에 동그라미가 쳐져 있는데 아무 설명이 없었다. 인희는 부엌으로 가서 싱크대의 상부장을 열었다. 오른쪽 아래 칸에 틴 케이스가 있었다. 원래 쿠키 상자였는데 티백을 담아두는 용도로 사용하던 것이었다. 꺼내서 열어보니 녹차와 홍차, 페퍼민트, 캐모마일 같은 허브티가 뒤죽박죽 섞여 있었다. 인희는 전기 포트에 물을 받고 전원 버튼을 눌렀다. 개수대 안에는 사용한 냄비와 그릇과 수저가 바싹 마른 상태로 쌓여 있었다. 식기 건조대에서 하나 남은 머그컵을 꺼내 물을 붓고 페퍼민트 티백을 넣었다. 인희는 소파에 앉아 뜨거운 차를 몇 모금 마셨다. 몸안에 따뜻하고 화한 기운이 번져나갔다.

화분 앞에 손바닥만한 천사 조각상이 한 쌍 놓여 있었다. 흰색의 도자기에 유약을 칠해 표면이 매끄럽고 반짝거렸다. 한 천사는 나팔을 불고 다른 한 천사는 하프를 타는 모습이었다. 인희는 어둠 속에서 하얗게 빛나는 천사들의 통통한 뺨과 빈틈없는 곱슬머리를 바라보았다. 몇 년 전에 같이 앤티크 숍에 들렀다가 크리스마스트리 대신 산 것이었다. 그들은 그 한 쌍의 천사가 자신들 같다고 얘기하며 사왔다. 하프 천사를 인희라고 했는지 나팔이 인희였는지는 기억나지 않았다. 그 외에도 바이올린, 플루트 등 다른 악기를 연주하는 천사 조각상들도 있었다. 재영은 인희에게 매년 크리스마스마다 천사들을 하나씩 모으자고 했다. 그후에 왜 조각상을 더 사지 않게 되었는지는 기억나지 않는다. 한 쌍으로 충분하다고 여겼는지 사기로 했던 계획을 잊은 건지 확실치 않았다. 나중에 인희와 재영이 그 앤티크 숍에 다시 찾아갔을 때 가게는 문을 닫았고 유리창에는 '임대' 문구가 붙어 있었다. 그뒤로 다른 앤티크 숍에 들를 때마다 장식품들을 유심히 살펴봤지만 악기를 연주하는 천사는 만나지 못했다.

인희는 천사 조각상의 머리를 쓰다듬었다. 웃고 있는 천사의 얼굴은 인희에게서 멀리 떨어져 있었다. 인희는 그 동그란 얼굴과 머리를 만지다가 하프 타는 천사를 코트 주머니에 넣었다. 조각상은 주머니에 딱 맞게 들어갔다.

인희는 소파에 조금 더 앉아 있다가 일어섰다. 컵 안에 있던 티백을 탁자 위의 다른 티백들 옆에 꺼내놓고, 컵에 물을 가득 담아 스킨답서스 화분의 흙 위에 고르게 부었다. 화분 받침에 물이 조금 고였다. 밤이 깊었고 시간이 멈춘 것 같았다. 인희는 코트 주머니 안에 든 하프 천사를 만지작거렸다. 차가웠던 조각상이 조금 따뜻해졌다.

밤이

영원할

것처럼

동희는 약국에서 나와 사무실 쪽으로 걸어갔다. 겨울바람은
찬데 오후의 햇빛이 얇은 담요처럼 대기를 감쌌다. 머리가 무
지근하고 햇빛 때문에 눈이 부셔서 한쪽 눈을 찡그렸다.

　횡단보도 앞에 서서 신호가 바뀌기를 기다리는 동안 물류팀
장과 메시지를 주고받았다. 이번 공동구매는 품목이 늘고 텀
이 길어서 주문량을 예측하기 어려웠다. 동희는 신호가 바뀐
것을 뒤늦게 확인하고 인도에서 차도로 황급히 내려섰다. 오
른발을 도로에 내딛는 순간 낭떠러지로 떨어지는 것처럼 놀랐
다. 잘못 디딘 것 같다고 느꼈을 때 오른쪽 발목이 안으로 홱
꺾였다. 가끔 삐끗할 때와 달리 발목이 완전히 이탈해버린 느
낌이었다. 왼발을 앞으로 뻗은 뒤 오른발에 힘을 주려 하자 커

다랗고 힘센 두 손이 물기를 짜듯 발목을 잡고 서로 다른 방향으로 비트는 듯한 통증이 몰려왔다. 소리 없는 비명이 흘러나왔다. 동희는 신호등의 숫자가 줄어드는 것을 보면서도 움직이지 못했다. 사람들이 등을 보이며 길 건너편으로 걸어가고 하얀 입김을 내뿜으며 이쪽으로 건너왔다. 동희는 인도로 물러나 왼쪽 다리에 몸을 의지한 채 주위를 둘러보았다. 마을버스 표지판이 보여 다리를 끌며 정류장 앞 벤치까지 겨우 걸어갔다. 차가운 벤치에 앉아 구두를 벗고 그 위에 발을 올려놓은 채 통증이 가라앉기를 기다렸다.

'본부장님. 지금 어디세요.'

정팀장의 메시지를 받고 횡단보도와 발목에 대해 설명하려는데 손가락이 시려 자꾸 오타가 났다. 통화 버튼을 누르자 정팀장이 다시 어디세요? 하고 물었다.

회사 앞이야. 발목을 접질렸는데 걷질 못하겠네.

세상에, 괜찮으세요?

정팀장의 목소리가 한 옥타브 올라갔다. 평소 그렇게 목소리 톤이 달라질 때 동희는 대체로 웃는 편이었지만 이번에는 웃음이 나오지 않았다.

파스 사서 붙이면 괜찮아지겠지.

동희는 발목을 살짝 돌려보려다 통증이 너무 심해서 다시 힘을 풀었다.

발목은 나중에 고생하는데. 약국 건물에 정형외과 있어요.

정팀장은 거기 의사가 아주 잘 본다면서, 우리 와이프랑 비슷하게 생겼어요, 도수 치료 몇 번 받았는데 무뚝뚝하고 힘센 것도 닮았더라고요, 하며 실없는 소리를 덧붙였다. 치료 얘기가 끝나자 아까 대표님이 찾으시던데, 했다. 동희는 알았다고, 공동구매 모집 페이지가 완성되면 보내달라고 한 뒤 전화를 끊었다.

네시 삼십분이 지나고 있었다. 대기 중에 회색빛이 감돌기 시작했다. 동희는 사람들이 주머니에 손을 넣은 채 걸어가고 마을버스에 타거나 내리는 것을 초조하게 바라보았다. 약국 건물 삼층에 정형외과 간판이 붙어 있었다. 일어서야 하는데 발이 뻐근하게 부풀어 오 센티미터 높이의 펌프스 안에 구겨 넣을 엄두가 나지 않았다. 동희는 아직 발등에 주름이 생기지 않은 검은색 가죽구두를 내려다보았다. 구두 뒤꿈치를 접어서 신거나 맨발로 걸어가야 했다. 약국에서 사온 두통약을 물 없이 삼킬까 하다가 코트 주머니에 넣었다.

엘리베이터에 탄 다섯 명 중 두 사람은 내과와 이비인후과가 있는 이층에서 내렸고 엄마와 초등학생 딸로 보이는 두 여자와 동희는 삼층에서 내렸다. 두 여자는 엘리베이터에서 내리자마자 보이는 소아과의 문을 밀고 들어갔는데, 문이 열렸다 닫히는 사이에 자지러지는 아이 울음소리가 흘러나왔다. 동희는 천천히 다리를 끌며 정형외과 쪽으로 이동했다. 문 옆에 정형 도수 치료와 체외충격파 치료 안내 배너가 서 있었다.

접수처는 비어 있고 검은색 롱 패딩을 입은 남자가 처방전을 받으며 진료비를 계산하는 중이었다. 목에 보호대를 한 나이든 남자는 진료 대기실에 앉아 무릎 주위를 주물렀다. 접수처 아래에 골다공증 주사 광고 포스터가 붙어 있었다. 동희는 진료카드를 작성하며 병원 내에 흐르는 클래식 음악에 귀 기울였다.

흰 가운을 입은 의사는 눈썹이 진하고 피부색이 보기 좋게 그을려 있었다. 풍성한 파마머리를 틀어올려 기다란 집게 핀으로 고정했는데 두어 가닥이 옆으로 흘러내렸다. 그녀는 언제 다치셨어요? 하고 묻더니 오른쪽 발목과 발등을 살짝 눌렀다. 동희는 미간에 힘을 준 채 비명을 참았다. 의사가 다 안다는 듯 통증이 있으시고요, 했다. 목소리가 낮고 건조했다. 골절된 것 같진 않은데 인대가 얼마나 손상됐는지 봐야 한다며 엑스레이와 초음파를 찍자고 했다.

진료 대기실에 앉아 결과를 기다리는 동안 동희는 스타킹을 신고 구두 뒤축이 구겨지지 않도록 조심하며 발의 앞부분을 구두에 살짝 걸쳐놓았다. 어서 오십시오, 라는 상냥한 기계음이 들리더니 다리에 깁스를 한 여자가 양손으로 목발을 짚고 들어왔다. 왼손에 커다란 비닐봉투까지 들었는데 능숙하게 움직였다. 걸을 때마다 하나로 묶은 긴 머리가 말 꼬리처럼 좌우로 흔들렸다.

'잠깐 방으로 올 수 있어?'

고영미 대표의 메시지가 도착했다. 대표가 찾는다는 얘기를 들었는데 깜박 잊고 있었다. 동희는 바로 통화 버튼을 눌렀다.

와서 얼굴 보자니까 왜 전화했어.

대표는 소프라노의 목소리로 통화를 시작했고 말끝을 장난스럽게 늘였다.

오랜만에 같이 차나 한잔해.

옆에 있었다면 팔꿈치로 동희의 옆구리나 팔을 툭 쳤을 것이다. 아직 검사 결과를 듣지 못한 상태라 동희는 일이 있어서 잠깐 밖에 나와 있다고 둘러댔다. 대표는 거래처 대표들에게 새해 선물로 뭘 주면 좋을지 물었다. 수입식품 쇼핑몰인 스윗월드는 상품 카테고리를 간식류에서 식재료와 식품으로 확장해나가는 중이었고, 다음주 대표의 일정에는 관련 회사 대표들과의 미팅이 두 건 포함되어 있었다.

신년이니까 홍삼이나 와인, 상품권 같은 거 어떨까요.

동희는 몇 가지 더 말하려다 너무 뻔한 것 같아서 좀더 생각해보겠다고 했다. 대표가 가만히 듣다가 그래, 좋은 아이디어 있으면 알려줘, 했다. 목소리가 조금 낮아졌고 그 사이로 잠깐의 침묵이 흘렀다. 대기실 저쪽에서 뜨거울 때 하나씩 드세요, 하며 웃는 소리가 들렸다. 붕어빵이네, 잘 먹을게요. 간호복을 입은 사람들 몇이 봉투 안의 빵을 꺼내 먹었다. 고소하고 달큰한 냄새가 대기실 안에 퍼졌다. 목발을 옆구리에 낀 여자가 팔을 뻗어 붕어빵을 어디에서 샀는지 설명했다.

이런 얘기는 얼굴 보고 해야 하는데.

대표의 목소리가 착 가라앉았다. 직원을 몇 사람 더 뽑고 나니 사무실이 좁아져서 자리 배치를 새로 해야 할 것 같다고 했다. 동희는 그러는 게 좋겠다고 동조했다.

사무실을 보러 다니는 중인데 마땅한 데가 없네.

업무 특성상 고객상담팀에 독립적인 공간이 필요할 것 같다는 얘기도 덧붙였다. 휴대폰 너머로 숨을 들이마셨다 내쉬는 소리가 크게 들렸다. 간호조무사가 붕어빵 봉투를 들고 와서 동희에게도 내밀었다. 동희는 웃으며 손으로 괜찮다는 표시를 했다. 그래서 말인데, 대표가 잠시 말을 멈추었다가 이었다.

본부장 집무실을 비워주면 어떨까?

네?

고객상담팀을 거기로 보내는 게 좋을 것 같아서.

동희는 아무 말도 하지 못한 채 가만히 있었다. 먼 곳에서 날아온 공이 얼굴을 강타하고 지나간 것 같았다. 너무 얼얼해서 동희는 휴대폰을 든 채로 잠시 눈을 감았다.

머리 부분이 사라진 붕어빵을 손에 든 간호조무사가 김동희 님, 하고 불렀다.

진료실로 들어가세요.

입안에 든 붕어빵을 오물거리면서 간호조무사가 진료실을 가리켰다. 동희는 휴대폰을 잠시 귀에서 뗀 채 네, 하고 대답했다.

이 얘기는 얼굴 보고 다시 합시다.

대표가 정중한 존대로 통화를 마무리했다. 동희는 휴대폰을 손에 든 채 그대로 멈추어 있었다. 간호조무사가 한번 더 이름을 부른 뒤에야 자리에서 일어났고 빨리 걸어가려다 오른쪽 발목이 아파 주춤했다. 동희는 구두 뒤축을 구겨 신고 발을 절뚝이며 움직였다. 클래식 음악 사이로 구운 빵 냄새만 떠다니고 목발을 짚은 여자는 보이지 않았다.

발목을 지지하는 바깥쪽의 인대가 늘어나고 미세하게 찢어져서 염좌가 발생했네요.

의사가 사진을 보여주며 부기가 가라앉을 때까지 얼음찜질을 하고 웬만하면 걷거나 움직이지 말라고 했다. 목소리의 높낮이에 변화가 없었다. 치료 방법과 주의사항에 대해 들으면서 동희는 대표의 목소리와 오 년 동안 쓴 집무실에 대해 생각했다. 의사가 입은 가운 주머니 아래쪽에 파란색 펜 자국이 몇 개 찍혀 있었다. 의사가 거기에 펜을 꽂으며 앞으로 물리치료 잘 받으시면 됩니다, 했다. 동희는 네, 네, 고개를 끄덕거렸지만 의사의 말들은 동희의 귓가를 스쳐지나갔다.

물리치료실로 들어가서 안내받은 베드에 누웠다. 코트를 베드 아래쪽의 바구니에 넣었다가 다시 빼고 주머니에서 휴대폰을 꺼냈다. 베드에 눕자 물리치료사가 두툼한 타월로 오른발 아래를 받쳤다. 발등과 복숭아뼈 주변이 부어올랐고 발목 안쪽에 검푸르스름한 멍이 올라오는 게 보이기 시작했다. 동희는 누운 채로 부종과 출혈을 낯설게 쳐다보았다.

십 분 정도 걸립니다. 불빛 쳐다보지 마세요.

물리치료사가 동희의 발에 맞게 레이저 치료기의 높이와 각도를 조절하고 타이머를 설정했다.

아무 느낌 없습니다.

물리치료사가 나가면서 커튼을 쳐주었다. 온열 매트가 등을 따뜻하게 데웠고 붉은색 레이저가 발등에 떨어졌다. 동희는 붉은 빛을 잠시 쳐다보다가 눈을 감았다. 잔상이 한동안 눈앞에 떠다녔다. 발에는 아무 느낌도 없었다. 다만 공에 맞은 듯한 얼얼함이 쉽게 가라앉지 않았다. 대표가 했던 말들이 머릿속에서 여러 번 반복되었다.

뒤쪽의 베드에서 낮게 코고는 소리가 들렸다. 할일이 많은데 누워 있는 게 발목 염좌만큼이나 불편했다. 손에 쥔 휴대폰에서 진동이 여러 번 울렸다. 수신된 메시지와 메일을 당장 확인해야 할 것 같아 몸이 움찔거렸다. 동희는 눈을 감은 채로 할일들을 떠올렸다. 공동구매 진행 가능 수량 확인과 홈페이지 리뉴얼 진행 상황 확인. 십 분은 길고 더디게 흘러갔다. 고무 재질의 신발들이 치료실 안을 조심스럽게 오갔고 동희의 베드 가까이 다가오는 것 같다가 멀어졌다. 다른 베드에서 사람들의 태평하고 요란한 숨소리가 넘어왔다.

타이머 소리와 함께 십 분의 레이저 치료가 끝나자 동희는 눈을 뜨고 레이저 불빛이 사라진 것을 확인했다. 휴대폰을 열어 정팀장이 보낸 메일을 클릭했다.

'본부장님. 공동구매 페이지 수정안입니다.'

기존에 쓰던 페이지 양식에 과일 젤리와 잼, 과일 치즈 세트의 사진과 설명이 깔끔하게 얹혀 있었다. 새해 첫 공동구매인데다 잼과 치즈는 처음 진행하는 거라 수정 사항이 여러 번 오갔다. 동희는 수정안을 눈으로 빠르게 훑었다.

물리치료사가 와서 레이저 치료기를 밖으로 빼고 수건으로 발을 감싼 뒤 딱딱한 얼음 팩을 둘러 벨크로로 고정시켰다. 시원함이 발 전체에 퍼졌다. 동희는 물류팀장의 메시지에 공동구매 초기 수량이 몇 세트인지 알아보라고 답을 보낸 뒤 얼음 팩을 두른 발을 내려다보았다. 부기가 진정되는 느낌이 들었다.

정형외과에서 나오니 퇴근 시간이 되어 있어서 정팀장에게 바로 집으로 가겠다고 메시지를 보냈다.

'많이 다치신 거예요?'

정팀장의 물음표 옆에 훌쩍훌쩍 우는 이모티콘이 따라붙었다.

'당분간 목발 짚고 다니래.'

'세상에, 불편해서 어떡해요.'

눈물방울이 대성통곡으로 바뀌었다. 머리에 젤을 발라 깔끔하게 뒤로 넘기고 큰 키에 세미정장 차림을 고수하는 정팀장이 높은 음으로 세상에, 할 때마다 직원들은 깬다는 표정을 지었지만 동희는 묘하게 이완되는 느낌이 들었다.

택시 뒷좌석에 앉아서 집으로 가는 동안 동희는 목발을 다리에 비스듬히 기대어놓았다. 버릇처럼 사이드미러와 룸미러를 보며 도로와 신호를 살폈다. 택시 기사와 눈이 마주친 뒤에야 창밖으로 고개를 돌렸다. 앞차의 후미등 대신 일정한 간격에 맞춰 서 있는 가로등과 앙상한 모습으로 인도를 지키는 가로수들을 보았다. 겨울의 해는 빠르게 졌고 어디에나 어둠이 펼쳐져 있었다. 물리치료를 받을 때까지는 아무렇지 않았는데 간호사가 발에 붕대를 감아주고 깁스 신발 착용을 도와준 뒤 목발을 건네자 부상이 실감났다. 나무 발이라는 이름과 달리

스테인리스 재질의 목발은 차갑고 견고했다. 동희는 목발에 엉성하게 몸을 기댄 채 병원 밖으로 나왔다. 월요일 퇴근 시간의 정체가 길게 이어졌다. 횡단보도에서 오른발을 내디던 순간부터 발을 절뚝이며 병원에 가서 목발을 짚고 나와 택시를 탈 때까지 두어 시간이 비현실적으로 지나갔다. 아득한 기분이 들 때마다 동희는 아직 손에 익지 않은 목발을 꼭 잡았다.

낮 동안 비어 있었던 집안의 공기가 서늘했다. 동희는 현관에 목발을 기대놓고 깁스 신발을 벗었다. 병원 쇼핑백에서 구두 한 짝을 꺼내 바닥에 내려놓았다. 현관의 센서등이 꺼지자 거실이 다시 어둠에 잠겼다. 동희는 오른발로 디디지 않으려고 애쓰며 부엌으로 갔다. 쇼핑백에 든 찜질 팩을 텅 빈 냉동실에 넣어두고 빨래 건조기 안에 엉켜 있는 세탁물 중에서 수건을 꺼냈다. 침실의 불을 켜자 슈퍼 싱글 사이즈 침대와 열려 있는 옷장과 바닥에 떨어진 코트가 보였다. 처방받은 약을 먹으며 주중에는 한 번도 올리지 않는 거실의 블라인드와 일인용 소파와 테이블을 둘러보았다.

의사는 되도록 움직이지 말고 발을 심장보다 높이 두라고 했다. 집에 쌀 있죠? 에코백에 꽉 채워서 단단하게 만든 다음 그 위에 발 올려놓으면 좋아요. 그러고는 두 손을 벌려 어느 정도 높이로 만들면 되는지 보여주었다. 집의 싱크대 수납장에는 즉석밥만 몇 개 들어 있었다. 직원들이 퇴근하기 시작하면 동희는 도시락을 배달시켜 집무실에서 먹고 퇴근길 정체가 풀릴 때까지 좀더 일했다. 빈 포장 용기를 들고 양치질을 하러 나가면 사무실 통로에만 조명이 켜져 있었다. 동희가 걸을 때마다 빈 사무실과 복도와 계단에 발소리가 조용히 울렸다. 양치질을 마친 뒤 집무실로 돌아오면 창문을 열고 종이 방향제를 한 장 태웠다. 집무실 전체에 은은하게 퍼지는 우디 향을 맡으며 같은 향의 핸드크림을 듬뿍 발랐다. 좋아하는 향 속에서 퇴근 준비를 하다가 사무실의 불을 모두 끄고 나갈 때 마음이 편했다.

동희는 아쉬운 대로 무릎 담요를 찾아 발 아래 접어 넣고 물컵과 책, 휴대폰과 노트북을 침실의 협탁 위로 옮겼다. 침대 헤드에 기대앉자 발이 심장 아래 놓였다. 동희는 앉은 채로 다리를 들어보려고 애쓰다 침대에 누워버렸다. 한쪽이 푹 꺼진 매트리스가 등에 닿았다. 탄탄한 부분을 찾아 몸을 움직였지만 매트리스 안쪽의 균형이 무너진 듯 쿠션이 울퉁불퉁했다. 야근하고 돌아와 잠들 때마다 바꿔야지, 생각만 하고 출근해 집무실에서 지내다보면 오래된 매트리스와 먼지가 쌓여가는 바닥과 밀린 빨래에 대해 잊곤 했다.

동희는 누워서 뒤척이다가 일어나 코트 주머니에 넣어두었던 두통약을 꺼내 물과 함께 삼켰다. 헤드보드에 기대어 휴대폰으로 침대를 검색했다. 매트리스의 종류를 살펴보던 중에 환자용 침대를 발견했고 쇼핑몰에서 상단부와 하단부를 각각 여러 단계로 올리고 내릴 수 있는 모션 베드를 찾았다. 동희는 화면 속 완만한 U자 형태의 매트와 그 위에 떠 있는 듯 누워 있는 모델의 모습을 보았다. 무중력 모드라는 표현이 마음에 들었다. 심장보다 높은 곳에 위치한 발이 사진 속 매트 위에 사뿐히 얹혀 있었다. 상품 후기를 몇 개 읽다가 동희는 즉흥적으로 결제 버튼을 눌렀다. 머리맡의 베개를 빼서 발 아래 둔 뒤 눈을 감았다.

택시에서 내려 목발을 짚고 회사 건물로 들어가는 동안 동희는 사람들의 보행에 방해되지 않도록 길 안쪽에 붙어서 움직였다. 펌프스 대신 로퍼와 깁스 신발을 신으니 바닥에 내려앉은 것 같았다. 사람들은 목발을 짚고 느리게 움직이는 동희를 힐끔거리며 지나갔다. 동희는 출근하는 사람들이 횡단보도를 건너려고 뛰어가고, 휴대폰에 시선을 고정한 채 앞사람과의 충돌을 피하며 걸어가는 모습을 아슬아슬한 심정으로 바라보았다.

엘리베이터 앞에서 만난 물류팀 직원 둘이 동희를 보고 놀라며 본부장님, 다치셨어요? 했다. 동희는 웃으면서 두 사람도 발목 조심해요, 라고 인사했다. 엘리베이터에서 내려 사무실로 들어가는 동안 마주친 직원들도 본부장님, 괜찮으세요? 하고 물었다. 동희는 목발과 발의 움직임에 신경쓰며 네, 하고 고개를 끄덕거렸다. 집무실 문을 열면서 위쪽에 붙어 있는 본부장 김동희, 라는 아크릴 명판을 쳐다보았다. 검은색으로 음각된 ㅁ과 ㅇ에 회색 먼지가 껴 있었다.

동희는 목발을 책상 옆에 세워둔 뒤 의자에 앉아 팔과 어깨를 가볍게 풀었다. 겨우 일이 분 걸었을 뿐인데 겨드랑이가 뻐근했다. 목발 없이 천천히 움직여 평소처럼 창문을 열고 물티슈로 책상과 테이블 위를 닦아냈다. 화분의 흙과 잎을 살핀 다음 영양제를 물에 희석해서 뿌려주었다. 노트북을 켜고 캡슐을 골라 머신에 넣은 뒤 커피를 내렸다. 창문을 닫고 책상 의자에 앉아 커피를 마시며 메일함을 열었다. 비로소 자신으로 돌아온 것 같았다.

메일에 답을 쓰다 말고 동희는 세 평 남짓한 자신의 집무실을 둘러보았다. 창가 쪽에 업무용 책상이, 중앙에 6인용 원목 테이블이 있고, 벽 쪽에 책꽂이와 수납을 겸한 5단 책장과 냉장고, 맞은편 벽에 이동식 화이트보드가 서 있었다. 직원들이 지나가면서 말하고 웃는 소리가 안으로 흘러들긴 했지만 분리된 공간이라 대체로 조용했다. 창고로 쓰던 곳인데 오 년 전에 본부장으로 승진하면서 집무실로 사용하기 시작했다. 책상이 들어오던 날 대표가 여기다 명패 하나 올려놓을까, 자개로 된 묵직한 거 말이야, 라고 해서 둘이 큰 소리로 웃었다. 동희가 냉장고를 주문했을 때는 대표와 정팀장이 접이식 침대만 들이면 여기서 살아도 되겠다며 손뼉을 쳤다. 이곳이 원래 창고였다는 사실을 다들 빠르게 잊었다.

'잠깐 방으로 갈게.'

메시지를 보낸 대표가 노크를 하고 들어왔다. 원목 테이블 위에 음료가 든 캐리어를 내려놓더니 가운데 자리에 앉았다. 키가 작고 마른 체형이던 대표도 오십이 넘으니 얼굴과 몸에 살이 붙었다. 동희는 보이차가 든 티 포트와 뜨겁게 데운 잔을 대표 앞에 놓았다. 자신의 컵에는 생강청을 한 스푼 떠넣었다.

움직이지 말라고 커피 사왔는데.

대표가 커피를 꺼내 동희에게 건넸다. 커피와 차 향이 공기 중에서 섞였다.

차를 한 모금 마신 대표의 안경 렌즈에 김이 살짝 서렸다. 동희보다 두 살 많은 대표는 사십대 중반부터 염색을 그만두고 안경을 썼다. 희끗한 단발머리, 화장기 없는 얼굴에 명품 브랜드의 안경을 걸친 모습은 성공한 여성 사업가처럼 보였다. 동희는 대표의 머리가 검고 풍성하던 시절부터 같이 일했다. 표정이 다양하고 장난기가 넘치던 대표는 쇼핑몰 규모가 커지고 직원이 늘면서 웃음과 말수가 줄었다. 사업 초기만 해도 늘 후드 티에 청바지, 운동화 차림이었는데 몇 년 전부터는 계절에 맞는 재킷을 꼭 챙겨 입었다. 대표가 찻잔을 내려놓자 안경의 김이 걷히면서 주름이 자리잡기 시작한 눈의 윤곽이 드러났다.

다리는 좀 어때?

대표가 몸을 옆으로 기울여 테이블 아래를 살폈다. 동희의 왼발에는 로퍼가, 오른발에는 깁스 신발이 신겨져 있었다. 대표에게 안경과 재킷이 있다면 동희에게는 미들 힐이 있었다. 잘 만들어진, 굽이 오 센티미터 정도 되는 구두를 신고 출근해서 일하면 몸에 힘이 들어가고 뭐든지 잘해낼 수 있을 것 같은 기분이 들었다.

인대가 늘어난 거라 물리치료 꾸준히 받으면 괜찮대요.

날 추운데 고생이다. 병원 열심히 다녀.

대표가 손으로 찻잔을 감쌌다. 테이블 위에 올려둔 휴대폰이 울리자 대표가 음 소거 버튼을 누른 뒤 재킷 주머니에 넣었다. 동희는 자신의 컵에 뜨거운 물을 부었다.

이 방은 고무나무 잎이 무성하네.

대표가 안경을 추켜올리며 자기 방의 고무나무는 자꾸 잎이 떨어진다고 했다.

가지가 휑해졌어.

정팀장한테 얘기해보세요.

승진하면서 집무실이 생겼을 때 정팀장이 동희와 대표에게 키가 큰 벤자민고무나무를 선물했다. 정팀장은 식물을 좋아해서 집 베란다를 화원처럼 꾸며놓았다고 했다. 와이프랑 애들은 싫어하죠, 몇 개만 남기고 다 정리하라는데 세상에, 어떻게 그래요? 정팀장은 점심을 먹다가 노랑 군자란 꽃 핀 거 보실래요? 하면서 휴대폰 화면을 들이미는 사람이었다. 팀장 회의가 있거나 서류 결재를 받기 위해 집무실에 올 때면 식물들의 잎과 흙을 살펴본 뒤 물을 자주 주지 말라거나 햇빛이 부족하다, 혹은 분갈이를 할 때가 되었다고 알려주었다. 벤자민고무나무는 이동에 스트레스를 많이 받으니 해가 잘 드는 자리에 가만히 두라고 조언한 사람도 정팀장이었다.

동희는 티스푼으로 생강청을 저었다. 대표도 잔에 차를 더 부었다. 티 포트의 입구에 남은 차 몇 방울이 테이블 위에 떨어졌다. 동희는 생강차를 한 모금 마셨다. 적당히 달고 뜨거웠다.

집무실은 금요일까지 정리할게요.

천천히 해. 몸도 힘든데.

동희와 대표는 각자의 앞에 놓인 차를 몇 모금 더 마셨다. 대표가 티 포트 주변에 떨어진 물방울을 검지손가락으로 문질렀다. 물기가 옆으로 번지다가 천천히 말라 사라졌다.

차 좋네. 잘 마셨어.

대표가 자리에서 일어났고 동희도 일어나 옆에 세워놓았던 목발을 옆구리에 꼈다.

앉아 있어. ……치료 열심히 받고. 홈페이지 작업은 정팀장한테 마무리하라고 할게.

대표가 고개를 돌려 집무실을 둘러보았다. 무슨 말을 더 하려는 듯 동희의 팔을 한 번 잡았다 놓고는 집무실 밖으로 나갔다.

대표가 마시던 찻잔은 식었고 따뜻한 차가 남아 있는 티 포트 안에는 수증기가 맺혀 있었다. 공기가 탁해진 것 같아 동희는 창문을 조금 열었다. 차갑고 단단한 공기가 천천히 밀려들어왔다.

동희는 대표가 사다준 커피를 들고 책상으로 갔다. 메일함을 보다가 페이지를 닫고 모니터 옆에 있는 문샤인의 잎을 바라보았다. 흐린 연둣빛 잎사귀가 토끼의 귀처럼 길쭉하고 쫑긋했다. 누가 식물에게 달빛이라는 이름을 붙여주었을까. 동희가 퇴근한 밤마다 문샤인은 책상 위에서 은은하고 고요한 상태로 빛났을 것이다. 동희는 빈주먹을 쥐었다 폈다 반복하다 핸드크림을 꺼내 듬뿍 발랐다. 우디 향을 깊이 들이마신 뒤 손으로 도톰한 잎을 쓰다듬었다.

동희가 옮겨갈 자리는 사무실 제일 안쪽 창가였고 그쪽은 개인 물품 놓을 공간이 협소했다. 동희는 책상 옆의 벤자민고무나무를 처다보았다. 오 년 동안 잘 자라서 몸통도 굵어지고 위로 힘차게 뻗은 가지 위에 달린 나뭇잎들은 벅찰 정도로 무성해졌다. 가운데 부분은 진한 초록이고 바깥쪽이 흐린 연두색인 잎들은 작고 얇아서 봄가을에 창문을 열어두면 가볍게 흔들리며 반짝거렸다. 벤자민고무나무를 시작으로 동희는 정팀장이 소개해준 화원에서 작은 화분을 하나씩 구입해 집무실에 놓았다. 몬스테라와 클루시아는 원목 테이블 위에, 양지식물인 율마와 유칼립투스는 창가에, 책상에는 문샤인을 놓았다. 습도 조절, 전자파 차단, 음이온 발생, 공기 정화의 목적으로 구매했지만 그런 것들은 점차 상관없어졌다. 그보다 거래처와 소통이 잘 안 될 때, 혹은 수입한 물량이 모자라거나 남아서 문제가 생길 때 동희는 차를 마시며 식물들의 잎사귀를 바라보게 되었다. 잎이 늘어나고 초록색이 선명해지는 것을 지켜보는 것 자체가 위안이 되었다. 물과 햇빛이 부족하고 흙에 영양분이 없어 푸석해도 식물들은 천천히, 조용하게 반응했다. 식물들의 그런 리듬이 마음을 안정시켜주었다. 동희는 집무실을 정리하는 김에 화분들을 집으로 옮겨야겠다고 생각했다.

커피를 마시며 멍하게 앉아 있다가 동희는 책상 위 연필꽂이에서 안 쓰는 필기구들을 골라내 한곳에 모으고 간이 책꽂이에 꽂혀 있는 파일들도 꺼냈다. 책상 서랍들도 차례로 열었다. 맨 위 서랍에는 핸드크림과 상비약, 세면도구, 기초 화장품, 여러 색의 립스틱이, 가운데 서랍에는 사무용품과 다양한 핀의 충전기와 보조 배터리가, 마지막 서랍에는 오래된 서류철과 몇 년 동안 쓴 업무 수첩, 명함을 모아놓은 상자와 포장도 뜯지 않은 새 양말과 스타킹이 여러 켤레 들어 있었다. 책상 밑에는 비상용으로 가져다둔 베이지 컬러 펌프스와 운동화가 한 켤레씩 놓여 있었다. 수납장 안에서는 추울 때 걸치는 카디건과 무릎 담요와 쿠션, 수건이 여러 장 나왔다.

오후에 있을 홈페이지 리뉴얼 관련 회의 일정 알람이 울렸다. 동희는 정팀장에게 디자이너와 둘이 회의를 진행하라고 메시지를 보냈다.

'대표님 연락 받았어요. 제가 일복이 터졌네요.'

정팀장의 메시지에서 볼멘소리가 들리는 듯했다.

'본부장님 치료도 계속 받으셔야 되니까 제가 마무리할게요.'

동희는 고생이 많다고 다독이며 고맙다는 인사까지 건넸다.

오후 일정이 통째로 사라져서 첼로 연주곡을 틀어놓고 미지근해진 커피를 마셨다. 책장과 수납장의 물건들도 꺼내서 정리해야 하는데 의욕이 생기지 않았다.

물건들 사이에서 휴대폰이 진동했다. 동희는 모르는 번호를 쳐다보았다. 전화는 끊어졌다가 다시 울렸다. 통화 버튼을 누르자 침대 회사 직원이 배송 날짜를 정해야 한다며 원하는 요일을 알려달라고 했다. 동희는 쇼핑몰 홈페이지에서 보았던 무중력 모드의 매트 위에 누워 있던 여자를 떠올렸다. 가장 빠른 배송일이 언제인지 물어보았다.

제가 발을 다쳐서요.

저런. 지금으로선 금요일이 제일 빨라요.

직원은 반가움과 위로를 목소리에 같이 담으려고 애쓰며 그런 분들에게 꼭 필요한 침대라고 덧붙였다. 배송 기사가 다시 연락할 테니 직접 시간을 맞춰 약속을 잡으라고 했다.

직접 써보면 정말 마음에 드실 거예요.

직원은 말끝에 조그맣게 웃었다.

고마워요.

전화기 너머에서 직원이 눈을 찡긋하고 있을 것 같았다. 그 모습을 상상하며 동희는 잠시 눈을 감았다. 첼로의 선율이 메마르고 푸석한 시간 위로 흘러갔다. 문밖에서 직원들이 점심을 먹으러 가며 이야기 나누는 소리가 들렸다. 전화를 끊은 뒤 동희는 테이블 위에 늘어놓은 물건들을 모두 종이 상자에 넣었다. 포스트잇에 버릴 것들, 이라고 써서 상자에 붙였다.

'본부장님, 오늘은 제 차로 가세요.'

퇴근 무렵 정팀장이 메시지를 보내왔다. 여러 번 거절하기도 미안해서 그러자고 답했다. 지하 주차장에 도착할 때까지 정팀장은 동희 옆에서 보폭을 맞추며 걸었다. 엘리베이터 앞에서 동희는 금속 재질의 문에 비친 자기 모습을 보았다. 목발을 옆구리에 껴서 어깨는 위로 잔뜩 솟고 상체는 앞으로 굽었다. 네이비색 롱 코트를 입은 정팀장은 물리치료를 꾸준히 받아야 하는 이유에 대해 두 손을 써가며 열성적으로 설명했다. 몸 잘 챙기세요, 몸이 재산이잖아요. 그러다 갑자기 손뼉을 치더니 약국 안쪽 골목에 비빔밥집이 있는데 그 옆에 화원이 생겼다고 했다. 점심시간마다 들러서 식물들을 구경하고 온다며 활짝 웃었다.

다음에 같이 가요.

동희는 그러자고 대답하며 천천히 목발을 움직였다. 화원에서 화분을 고르는 정팀장의 모습을 잠시 상상해보았다. 정장을 입은 키 큰 남자가 쪼그리고 앉아서 식물을 구경하는 모습엔 찡한 구석이 있었다.

동희가 차의 앞문을 열자 정팀장이 뒷문을 열어주며 여기로 모시겠습니다, 하고 앉을 때까지 기다려주었다. 동희는 택시에 탔을 때처럼 목발을 다리에 기대어놓았다. 음악을 틀었다가 댄스곡이 흘러나오자 정팀장이 볼륨을 줄였다.

본부장님 집무실에 고객상담팀이 들어간다면서요.

정팀장이 룸미러로 동희를 보며 물었다. 팀 하나가 움직이고 집기를 옮겨야 하니 모두 알게 될 일이었다.

　그렇게 하기로 했어.

　동희는 무의식중에 다리를 꼬려다 깁스한 발을 보고 도로
내렸다.

　정팀장이 사이드미러를 살피더니 고개를 두어 번 저었다.
어차피 사무실을 이전할 계획이면 지금 상태로 좀더 버티는
게 낫지 않냐, 괜히 분위기만 어수선해졌다, 회사의 공간 부족
문제나 고객상담팀의 특성에 대한 존중은 이해하지만 대표가
잘못 판단하는 것 같다고 했다.

　지금 말들이 많아요.

　본부장인 동희를 끌어내리려는 게 아니냐는 얘기까지 나온
다고 했다. 정팀장의 목소리는 높은음과 낮은음을 빠르게 오
갔다. 동희는 창밖을 내다보았다. 정팀장과 함께 일한 지도 십
년 가까이 되었다. 많은 일들을 같이 지나왔다.

　보행신호를 기다리는 사람들의 입에서 하얀 입김이 짤막하
게 흘러나오다 흩어졌다. 신호가 바뀌자 사람들이 횡단보도의
이편에서 저편으로 건너갔다. 그 사이로 지팡이를 짚은 노인
이 천천히, 아주 천천히 걸어갔다. 정팀장의 얘기를 들으며 동
희는 횡단보도를 건너는 사람들이 노인을 앞질러간 뒤 노인이
텅 빈 횡단보도를 혼자 건너 뒤늦게 인도에 올라서는 것을 보
았다.

동희가 아무 말도 하지 않자 정팀장이 룸미러로 동희의 기색을 살폈다.

그 많은 짐들 다 어떡해요.

버려야지.

집에 가져갈 것 있으면 제 트렁크에 실으세요.

……그럼 화분들 좀 부탁할게.

퇴근길 정체가 시작되었고 정팀장은 무표정한 얼굴로 노래를 한두 소절 따라 불렀다. 물리치료를 건너뛰었더니 발이 뻐근하고 붓는 느낌이 들었다. 출근한 뒤에도 집무실에서 대표를 만났을 때도 정팀장의 차를 타고 가는 동안에도 오른쪽 발은 내내 심장 아래 있었다. 집에 가면 냉동실에 넣어둔 찜질팩으로 발을 감싼 뒤 베개 위에 올려두어야겠다고 생각했다. 검게 변한 하늘을 보고 있으니 밤이 계속될 것만 같았다.

전반적인 자리 이동으로 인해 금요일 아침의 사무실에는 앉아 있는 사람이 없었다. 직원들은 출입문과 창문을 열어놓고 음악을 크게 튼 뒤 박스를 챙기고 컴퓨터와 책상을 옮겼다. 동희는 집무실을 둘러보다 사람들이 들어오기 전에 사진을 몇 장 찍어두었다. 테이블 위에는 파란색 이삿짐 박스 하나만 남겨놓았다.

직원들이 점심을 먹으러 간 사이 동희는 정형외과에 갔다.

일층에서 엘리베이터를 기다리며 겨드랑이에 낀 목발에 몸을 기댔다. 정형외과에 붕어빵을 사가지고 왔던 여자가 동희의 옆에 섰다. 여자의 깁스는 발목이 아니라 무릎까지 올라와 있었다. 동희와 여자가 엘리베이터에 탄 뒤 문이 닫히려는 순간 밖에서 잠시만요, 외치는 소리가 들렸다. 여자가 오른쪽 목발 끝을 앞으로 뻗어 열림 버튼을 눌렀다. 목발은 가볍게 버튼을 터치한 뒤 제자리로 돌아갔고 뒤늦게 탄 사람이 숨을 헐떡이며 감사합니다, 하고 인사했다. 여자는 문 쪽으로 다가가 팔꿈치로 열림 버튼을 쓱쓱 문질러 닦았다. 동희는 그 일련의 행동들을 경이롭게 바라보았다.

이전에는 접수하고 나면 바로 물리치료실로 들어갔는데 이번에는 간호조무사가 동희를 진료실로 안내했다. 첫날 봤던 의사가 마우스를 움직이며 뭔가를 확인하는 중이었다. 운동장을 한 바퀴 돌고 들어온 것처럼 앞머리가 땀에 젖어 곱슬거렸다.

통증은 좀 어떠세요.

모니터에서 눈을 뗀 의사가 동희의 발을 살펴보았다. 발은 부기가 약간 가라앉았고 검보랏빛 멍의 바깥 부분이 누런색으로 변해가는 중이었다.

다음주에도 시간 되는 대로 오셔서 물리치료 받으세요.

동희는 고개를 끄덕거렸다. 의사는 아직 정상적인 상태가 아니니 웬만하면 걷지 말고 얼음찜질을 계속하라고 권고했다. 그러더니 일어나서 이렇게 기대지 마세요, 하며 동희의 목발을 짚었다. 목발을 겨드랑이에 대고 걸으면 체중 때문에 신경이 손상되고 팔이 마비되는 증상이 나타날 수 있다고 했다.

겨드랑이와 목발 사이를 살짝 띄우세요.

의사가 엄지손가락을 겨드랑이에 대며 이 정도, 엄지가 들어갈 정도면 돼요, 하더니 직접 목발을 움직여 걷는 시범을 보여주었다. 의사의 뒤편 벽에 학위증서와 전문의 자격증, 외래교수 임명장 액자가 붙어 있었고 아이, 남편과 함께 찍은 가족사진이 있었다. 그 옆에 철인 3종 경기 완주 메달을 목에 걸고 웃고 있는 독사진이 함께 걸려 있었다. 진료를 받는 동안에는 본 적이 없는 표정이었다.

물리치료사는 동희를 이틀 연속 같은 베드로 안내해주었다. 동희는 코트와 크로스백을 바구니에 넣었다. 휴대폰은 꺼내지 않았다. 레이저 치료가 끝난 뒤엔 수액을 맞았다.

노란색은 비타민이고 분홍색은 염증과 통증을 완화시켜주는 수액이에요.

간호조무사가 수액이 떨어지는 속도를 조절하며 작은 목소리로 알려주었다. 동희는 긴 줄을 통해 몸안으로 들어오는 노란색과 분홍색의 수액을 쳐다보았다. 등을 통해 온몸으로 따뜻한 기운이 퍼져나갔다.

간호조무사가 침대 옆의 커튼을 치고 나가자 커튼레일의 모양대로 공간이 분리되었다. 동희는 천장의 석고보드와 조도가 낮은 조명등과 위아래 무늬가 다른 미색의 낡은 커튼을 바라보았다. 뒤쪽 베드에서 아이고, 하는 소리가 흘러나왔고, 다른 베드에서 불편한 데 없으세요, 라고 묻거나 뜨겁습니다, 불빛 쳐다보지 마시고요, 라며 설명하는 소리가 들려왔다.

　동희는 몸에 힘을 뺀 채 팔과 어깨를 가만히 늘어뜨렸다. 누워서 한 방울씩 규칙적으로 떨어지는 노란색과 분홍색의 수액을 보고 있으니 나른해졌다. 온열 매트 위에 깔린 커다란 갈색 타월을 손으로 쓰다듬었다. 눈을 감고 있더라도 코는 골지 말자고 생각했다. 저녁에 배송될 모션 베드를 떠올리다가 엘리베이터에서 호쾌하게 버튼을 누르던 목발의 움직임으로 의식이 넘어갔다. 동희가 쳐다보자 여자는 장난스러운 표정으로 어깨를 으쓱했다. 이층에서 엘리베이터 문이 열렸을 때 여자는 양손으로 목발을 잡고 앞으로 내디딘 뒤 씩씩하게 걸어나갔다. 그 걸음걸이를 머릿속으로 여러 번 그려보던 동희는 자신이 내는 코골이 소리에 눈을 떴다. 수액이 들어 있던 비닐팩의 윗부분이 어느새 납작해져 있었다. 간호조무사의 발소리가 베드 쪽으로 다가오더니 노크를 하듯 수액 확인할게요, 하고는 커튼을 옆으로 살짝 젖히고 들어왔다. 팔꿈치 안쪽에 꽂았던 바늘을 뺀 뒤 거즈와 테이프로 마무리해주었다. 동희는 주먹을 쥐었다 폈다 하며 팔을 움직였다.

잠시 뒤에 물리치료사가 와서 극초단파 치료를 위해 발등에 시원한 젤을 발라주었다. 푸른색 파장을 쏘면서 아무 느낌 없습니다, 라고 안내했다. 레이저 치료를 할 때도 마지막 코스인 극초단파 치료를 할 때도 물리치료사는 그렇게 말했다. 아무 느낌 없습니다. 동희는 그 말이 묘하다고 생각했다. 아무 느낌 없는데 치료가 된다. 푸른색 불빛이 발을 감싸는 걸 보면서 동희는 화분들을 집 어디에 놓을지, 자신의 새로운 책상에는 무엇을 놓으면 좋을지에 대해 고민했다. 거실 창의 블라인드와 일조량과 벤자민고무나무 잎에 대해 찬찬히 생각하는 동안 동희의 마음이 다른 쪽으로 움직였다. 집무실에 있던 화분들을 집으로 옮기는 것보다 새 자리에 두는 게 좋을 것 같았다. 율마와 유칼립투스는 책상 뒤쪽 창턱에, 그 아래 바닥에는 고무나무와 몬스테라를 세워두고 문샤인과 클루시아는 책상 위에. 그러면 예전처럼 자주 바라볼 수 있을 것이다. 집에 어울리는 화분은 정팀장이 얘기한 화원에 들러 새로 구입하면 될 것이다. 아무것도 하지 않고 베드에 가만히 누워 화분에 대해 생각하는 것이 편안했다.

간호조무사가 붕대를 다시 감고 깁스를 해주었다. 동희는 바구니에 넣어두었던 가방을 꺼내 휴대폰을 확인했다. 정팀장이 보낸 문자메시지 하나만 도착해 있었다.

'본부장님, 집무실은 비웠고 사무실은 아직 정리중이에요.'

화분은 퇴근할 때 신겠다고 했다. 동희는 고맙다고 쓴 뒤 화분들을 새 책상 옆에 놓아달라고 부탁했다.

파란색 이삿짐 박스는 고객상담팀 팀장이 쓰던 책상 위에 놓여 있었다. 앞으로 동희가 쓸 책상이었다. 책상 위에 컵 자국으로 보이는 갈색 동그라미가 여러 개 남아 있었다. 벤자민고무나무는 책상 아래 들어가 있고 흙 위에 몇 개의 잎이 떨어져 있었다. 동희는 목발을 책상에 기대놓고 화분을 책상 옆, 해가 드는 자리로 옮겼다.

집무실은 문이 활짝 열려 있고 내부의 집기가 다 빠진 상태였다. 동희는 들어가서 빈 벽과 바닥을 둘러보았다. 책장으로 가려져 있던 벽이 유독 하얘 보였다. 수평을 맞추기 위해 책장 모서리에 댔던 리놀륨 장판 조각이 바닥에 남아 있었다. 책상 아래 놓았던 멀티탭은 누군가 둘둘 말아 창가로 옮겨놓았다. 화분이 있던 창가와 벤자민고무나무 자리에는 물이 말라붙은 자국이 남아 있고 흙 부스러기가 조금 떨어져 있었다. 마른 나뭇잎과 성긴 먼지 뭉치들이 구석에 돌아다녔다. 방으로 들어오려던 대표가 동희를 보고 문 앞에 멈춰 섰다.

정리하려면 시간 좀 걸릴 것 같네. ……오늘은 일찍 들어가.

동희는 고개를 숙여 인사했고 대표는 잠시 서 있다가 나가면서 문을 닫았다. 닫힌 문을 보고 동희는 목발을 쥐고 있던 손의 힘을 풀었다. 아, 소리를 내자 빈 공간에 동희의 목소리만 남아서 울렸다. 방을 한번 더 둘러본 뒤 나와서 문에 붙어 있던 신용카드만한 아크릴 명판을 손톱으로 떼어냈다. 접착제 자국이 흐릿하게 남았지만 뒤로 조금 물러서니 눈에 띄지 않았다. 동희는 명판을 코트 오른쪽 주머니에 넣었다.

엘리베이터를 타고 내려가면서 동희는 시간을 확인했다. 점심을 걸렀더니 속이 허전했다. 혼자 먹을 곳이 마땅치 않았지만 그렇다고 집에 일찍 들어가는 것도 내키지 않았다. 의사가 보여주었던 목발 짚는 법을 떠올리며 한 걸음씩 움직여 회사 건물 밖으로 나갔다.

외부에서 미팅할 때 종종 들렀던 카페에는 손님이 많았다. 샌드위치와 커피를 주문하자 목발을 본 직원이 자리로 가져다 주겠다고 했다. 동희는 괜찮다고 사양했다가 고개를 끄덕이며 고맙다고 인사했다. 카페 안에는 애시드 재즈풍의 음악이 흐르고 있었다. 창가 자리로 가서 크로스백을 내려놓고 벽에 목발을 기대놓았다. 창틀 앞에 손바닥만한 다육식물 다섯 개가 조로록 놓여 있었다. 낯이 익은데 이름은 모르는 것들이었다. 동희는 그것들을 가만히 들여다보다가 가방에서 휴대폰을 꺼내 사진을 찍었다. 사진첩에 새로운 사진이 여러 장 쌓였다.

샌드위치와 커피를 기다리는 동안 동희는 절뚝이며 걸어가

물을 한 잔 가져왔다. 갈증이 나서 컵 안의 물을 다 마셨다. 빈 속에 들어간 레몬수가 생생한 느낌과 함께 몸안에서 흘러다녔다. 재즈 음악을 들으며 거리를 바라보니 사람들이 리듬에 맞춰 걷는 것 같았다. 가죽점퍼를 입은 중년 남자는 구두 뒤축에 기다란 리본 테이프 같은 걸 붙인 채 창문 앞으로 지나갔다. 남자가 걸을 때마다 선물 상자를 묶는 분홍색의 가느다랗고 매끈한 리본 테이프가 같이 펄럭거렸다. 동희는 예쁜 리본 테이프가 어디서 붙었는지, 언제까지 구두에 매달려 있을지 궁금해하며 눈으로 따라갔다. 남자가 뛴다면 리본체조의 한 장면처럼 보일까, 생각하는 동안 리본 테이프는 남자와 함께 성큼성큼 멀어져갔다.

직원이 샌드위치와 커피가 담긴 쟁반을 테이블 위에 내려놓았다. 동희는 고개를 숙여 인사한 뒤 샌드위치를 천천히 먹었다. 컵에 물을 좀더 채우려고 자리에서 일어날 때 목발이 쓰러지면서 바닥에 부딪히는 소리가 났다. 몇 사람이 동희 쪽으로 고개를 돌렸다가 목발을 보고는 하던 일로 돌아갔다. 동희는 당황해서 허둥대며 목발을 집어들었다. 다시 벽에 기대어두려는데 옆자리에 앉아 있던 여자가 의자를 건넸다. 여자는 손에 쥔 볼펜을 내려놓고 의자 위에 있던 배낭을 테이블로 옮겼다. 테이블 위에는 두꺼운 책이 펼쳐져 있었다. 동희는 몸을 돌려 고맙다고 인사했다.

셀프 바에 비치된 물병을 교체하던 직원이 동희의 목발과 깁스한 다리를 보더니 다가왔다.

괜찮으세요?

동희는 손을 들어 괜찮다는 표시를 했다.

동희가 목발을 의자에 걸쳐놓는 동안 직원은 물병을 든 채로 그 자리에 잠시 서 있었다. 출입문이 열리면서 종소리가 울렸다. 직원은 고개를 돌려 출입문이 천천히 닫히는 것을 보았고 다시 동희 쪽으로 고개를 돌렸다.

정말 괜찮으세요?

동희는 데님 셔츠에 앞치마를 두른, 아직 뺨에 여드름 자국이 남아 있는 직원을 바라보며 주머니 안의 명판을 만지작거렸다. 괜찮지 않다고 답하기엔 직원이 너무 어려 보였다. 동희는 괜찮다, 와 괜찮지 않다, 사이에 잠시 머물러 있다가 직원의 앞치마에 묻은 얼룩을 바라보며 대답했다.

괜찮아요.

직원이 다가와 동희의 유리컵에 물을 채워주었다. 도울 일이 있으면 얘기해주세요, 라고 말한 뒤 다른 테이블을 정리하러 갔다. 동희는 컵에 담긴 물을 한 모금 마셨다.

창밖으로 눈이 조금씩 흩날리기 시작했다. 사람들이 점퍼에 달린 모자를 쓰고 가방에서 우산을 꺼내 펼쳤다. 눈은 쌓이지 않고 연기나 먼지처럼 흩어졌다. 올겨울에는 눈이 자주 오는구

나. 동희는 뜨겁고 진한 커피를 마셨다. 목발을 짚으면 우산을 들 수 없고 목발에 달린 고무는 눈길 위를 걸어다니기에 미끄럽고 위험했다. 그래도 물리치료를 꾸준히 받다보면 멍의 색이 서서히 옅어지고 목발에도 익숙해지고 발목도 괜찮아질 것이다. 동희는 주머니 안의 명판을 손으로 만지작거렸다. 눈이 내리면 동희는 어디든 들어가서 그칠 때까지 기다릴 것이고, 눈이 쌓인 길을 걸어야 할 때는 한 발짝씩 천천히 움직일 것이다. 저녁에는 모션 베드가 도착할 것이고, 배송 기사들이 오래된 침대를 철거한 뒤 새 침대를 설치해주고 떠나면 동희는 혼자서 침대의 기능을 익힐 것이다. 그리고 밤이 되면 거기 누워 발을 올려놓고 있을 것이다. 심장보다 높이.

기다림으로 남은 밤

견디며 기다리는

밤의 본질에 대해 생각한다. 빛이 사라진 자리에서 어둠으로 무언가를 감추고자 하는 것이 밤의 본질일까? 역설적이게도 밤의 본질은 드러냄에 있다. 빛 아래 분명한 모습을 보이는 것만이, 그것을 두 눈으로 확인하는 것만이 존재에 대한 증명은 아닐 것이다. 밤은 보이지 않음으로써 거기에 있음을 드러낸다. 서유미의 소설은 마치 밤처럼 보이지 않지만 '있는' 무언가를 드러낸다. 그 무언가가 서유미 소설이 품은 부드러운 어둠을 더듬던 눈에 의해 마침내 어떤 현상으로 발각될 때, 그것은 더이상 보이지 않는 무언가가 아닌 선명한 감각으로 침투해온다.

　가령 「그것으로 충분한 밤」에서 보이지 않음으로 자신을 드러내는 존재의 이름은 불안이다. 소설은 유선과 종우가 마련한 모임이 끝난 밤으로부터 시작된다. 가볍게 맥주를 마시며 즐거웠던 시간의 후회를 즐기는 두 사람은 얼핏 안정되어 보인다. 무리해서 대출을 받긴 했지만 그들은 지인들을 여럿 초대해도 좋을 만큼 프라이빗한 단독주택형 빌라를 가졌고, 별다른 문제 없이 성장중인 아들 선우와 함께다. 그러나 원인을 알 수 없는 누수와 같이 이들의 생활에는 언제부턴가 불안이 스며들어 있다. 고작 한 방울에 불과했던 불안이 몸집을 불리는 건 순식간이다. 그러니까 모임에 온 "반년 전에 이혼했다는 여자"(73쪽) 진희가 두른 스카프가 유선이 종우에게 생일 선물로 받은 제품과 동일하다는 것을 알게 되었을 때처럼. 유선에게는 "명품 매장의 쇼윈도를 눈여겨보았다는 것과 즉흥적으로 비싼 물건을 샀다는 것"(78쪽)이 종우답지 않다고 생각하면서도 고마워했던 기억이 있었다. 하지만 정작 자신은 스카프가 어울리지 않아 "그것을 한 번도 하고 나간 적이 없었"(79쪽)다. 이 외에도 몇 사람은 손을 잡고 사라지기도 했던 대학 엠티 날 "밤으로 다시 돌아갈 수 있다면"이라는 물음에 다른 두 친구는 "그러고 싶지 않다며 고개를 저었"(78쪽)으나 종우만큼은 어떤 답도 내놓지 않았던 일 등에서 유선의 의심은 점차 확신에 가까워진다.

이때 불안의 크기를 키우는 데 한몫하는 건 바깥의 소음이다. 크게 웃는 소리, "노랫소리"(76쪽), "비명소리"(85쪽), "무언가 깨지는 소리"(89쪽), "우는 소리" "사이렌 소리"(90쪽) 등. 보이지 않지만 끝나지 않은 채 이어지는 소리는 두 인물의 긴장감을 고조시키며 불안을 키우는 역할을 한다. 흥미로운 사실은 불안이 확장되면서 보이지 않는다고 생각했던 불안이 점차 가시화된다는 점이다. 유선의 원피스에 희미하게 남은 "땀이 났다 마른 얼룩"(89쪽)이나 종우의 "리넨 셔츠와 바지"에 점점 늘어가는 "주름", 닦아도 자세히 보면 눈에 띄고 마는 "식탁 위" "얼룩"(91쪽)으로 말이다. 어쩌면 두 사람의 관계 또한 겉으로는 눈에 잘 띄지 않지만 전혀 지워지지 않은 얼룩을 남긴 채로 이어질 수 있었다. 하지만 연휴가 지나면 누수 탐지를 위한 점검이 예정되어 있듯 불안의 씨앗이 발각되는 것을 결코 피할 수는 없을 것 같다. 이제 완전히 모습을 드러낸 불안은 그사이에도 조금씩 더 번져갈 것이다.

밤은 불안의 경계를 허물고 그것의 확장을 막지 않는다. 밤은 윤곽선이 없으며 그 자체로 나와 접촉한다는 메를로 퐁티의 말처럼 경계 없이 커져버린 불안에 인물들은 잠식당한다. 이는 부정의 의미만을 내포하지 않는다. 밤의 한가운데에서 그것을 온몸으로 입어낸 이들은 자신의 고요한 심연으로 걸어들어간다. 서유미의 인물들에게 이 과정이 필연적인 것처럼 보이는 까닭은 그들이 밤이라는 시간과 공간을 빌려 스스로와 대면할 수밖에 없는 상황에 처해 있기 때문일 것이다.

이 소설집에 등장하는 인물들은 이혼 또는 사별로 인해 관계에서의 단절을 경험한 바 있거나, 무언가를 기다리거나 견디는 사람들이다. 이러한 기다림에 대해 모리스 블랑쇼는 일찍이 이렇게 말했다. "언제부터 그는 기다리기를 시작했던가? 개별적으로 정해진 것들에 대한 욕망과 모든 것들의 끝에 대한 욕망조차 잃어버린 채 기다림을 위해 스스로 자유롭게 되면서부터. 더이상 아무것도 기다릴 것이 없을 때, 기다림이 시작된다. 기다림은 아무것도 기다리지 않는다. 기다림의 대상이 얼마나 중요하든지 기다림의 움직임은 언제나 그 대상을 무한히 앞질러 간다."(모리스 블랑쇼, 『기다림 망각』, 박준상 옮김, 그린비, 2009, 46쪽) 그의 말처럼 기다림은 그 대상이 있을 때 행해지는 것이 아니다. 함께하고 싶었던 이가 사라지고, 기다림의 목적과 의도마저 희미해진 순간에야 기다림이라는 움직임이 시작된다. 「기다리는 동안」과 「지나가는 사람」의 인희와 석주 역시 소설이 끝을 향해 갈 때, 그러니까 무엇을 기다리는지 자신조차도 잊게 되어버린 때 비로소 기다리는 자로서 자신의 정체성을 확립한다.

소설의 시작에서 「기다리는 동안」의 인희가 기다리는 대상은 분명해 보인다. 이혼한 지는 이 년이 지났지만 아직 위자료 정산을 다 하지 않고 있는 전남편 재영이다. 인희가 재영의 연락을 애타게 기다리는 까닭은 엎친 데 덮친 격으로 찾아온 불행에 있다. 교수 임용에 실패하고 이후 출강 여부가 불확실한 와중에 이사를 해야 하는 상황마저 되어버린 것이다. 거주중인 집을 매수할 생각이 없다면 월세로 돌리겠다는 집주인의 연락을 받은 건 이 주 전. 그로부터 지금까지 재영은 한 번도 인희의 전화를 받은 적이 없고 간간이 문자로만 소통하다 그마저도 뜸해진 지 한참이다. 인희가 마침내 둘이서 함께 살던 옛집을 찾아간 오늘, 재영은 여전히 아무런 회신이 없다. 이렇듯 재영의 존재는 소설의 후반부에 다다를수록 점차 희미해져 끝내는 기다리는 인희만이 남게 된다. 시간이 낮에서 밤으로 변해도, 공간이 차 안에서 집안으로 변해도 기다림의 대상인 재영은 나타날 기미가 없다. 오히려 시공간의 변화가 재영의 부재를 공고히 한다. 재영이 있어야 할 시간과 공간에 없다는 사실만을 확인할 수 있을 뿐이다. 기다림의 간격은 지속되는 기다림으로는 결코 좁혀지지 않는다. 그들 관계에 '사이'는 여전히 닿지 않을 거리에 있다. "기다림의 간격 속에서 다시 개시하면서, 끝을 유예시키면서, 그 개시와 끝의 간격에서, 또다른 기다림의 간격을 열면서, 기다릴 것이 아무것도 없는 밤에 기다림은 그 움직임이 나타난다."(모리스 블랑쇼, 『기다림 망각』, 46쪽) 그곳에는 여전히 기다리는 사람만이 기다림 그 자체로 남아 있다.

「지나가는 사람」의 석주 또한 기다리는 데에는 일가견이 있는 인물이다. 오십대 공인중개사인 그는 자신의 일이 "매물을 보여주고 계약을 성사시켜 수수료를 받는 게 아니라 기다리는 일이라는 걸 알게"(97쪽) 된 지 오래다. 물론 석주에게도 기다리는 날이 전부였던 건 아니다. 불과 몇 년 전, "잘사는 큰누나"(100쪽) 역할을 하던 동창 재경이 석주의 부동산 계약은 물론이거니와 다른 동창들의 일까지 살뜰하게 챙기던 때는 달랐다. 그때를 "친구들 모두에게 좋은 시절"(같은 쪽)이었다고 추억할 수밖에 없는 까닭은 재경이 이혼한 후부터 더는 이전과 같은 도움을 받을 수 없게 되었기 때문이다. 학생 때는 "드라마에 나오는 대저택", 결혼한 후에는 "영화 세트장"(104쪽) 같은 집에서만 살아온 재경은 이혼 후 얼마 되지 않는 돈을 들고 석주의 동네로 이사를 온다. 언제나 "완성형"(같은 쪽) 집에서만 살아온 재경이었는데 이제 그의 살림은 원룸에 "캐리어 두 개"(109쪽)가 전부일 만큼 작아져 있다. 전과는 다른 삶을 사는, 홀로인 재경이 지척에 있으나 석주는 그에게 선뜻 연락하지 못한다. 전구를 갈아주거나 아내 세희의 선물을 전달해야 하는, 숙제처럼 남은 일들이 있으나 차일피일 미루기만 할 뿐이다. 조심스러움을 앞세운 그의 망설임은 "노인같이 마른 몸으로 앉아 있던"(112쪽) 초라한 모습의 재경에 대한 심리적인 거리에서 비롯된 것일 테다.

　석주의 눈으로 바라본 재경의 모습은 이 소설의 중요한 포인트 중 하나다. 성별도, 삶의 양태도 다른 두 사람을 그리는 방법으로, 소설은 기다리고 견디는 일에 능숙한 석주를 초점화자로 삼으며 남겨진 재경의 삶을 조명하는 방식을 택한다. 사정은 다르지만 "사라지고 지워지는 기분"(117쪽)에 대해서라면 석주도 모르지 않는다. 그의 "등과 엉덩이 모양에 맞춰 가죽이 변형된 1인용 소파"(95쪽)와 재경의 "흔들의자"(114쪽)를 함께 떠올리는 것으로 석주는 재경을 이해한다. 그럼에도 두 사람의 거리가 좁혀지지 않는 건, 석주에게는 그의 의지가 아니더라도 희망을 포기할 수 없는 분명한 미래가 있기 때문일 것이다. 아이들을 미국으로 유학 보내고자 하는 세희의 고집스러운 욕망에 대해 "미래라는 먼 시간을 위해 지금 중요한 것을 포기하는 것이 무슨 의미가 있나" 하고 반문하기도 하지만, "욕심도 포부도 없고 현실에 안주하려고만 한다"(119쪽)는 반박에 대해서도 인정하는 바이므로, 석주는 자신이 세희보다 재경 쪽을 더 공감하고 이해하고 있다는 걸 알면서도 더이상 가까워지지 못한다. 그것이 끝내 멀어지는 재경을 다시 부르지 못한 이유가 아니었을까. "결국 그 방의 전구를 갈아주지 못했다는 자책"(126쪽)을 하면서도 석주는 그 자리에 서 있다. 그의 특기가 그러하듯 석주는 재경을 기다릴 수도 있다. 그러나 "재경이 다시 한번 들르기를 기다리기에는 인생이 그리 길지 않은 것 같았다"(같은 쪽)는 마지막 문장처럼 기다리는 동안에도 시간은 우리의 의지와 무관하게 흘러가므로, 기다림을 행하기에 시간은 너무도 짧다는 사실이 석주를 드디어 재경 쪽으로 움직이게 한다.

한 시절의 '나'

경계 없는 어둠에 사로잡힌 밤. 어둠에 눈이 점차 익숙해질 즈음, 서유미의 인물들은 자기 자신을 온전히 마주함과 동시에 곁에 있는 존재를 감각한다. 보이지 않던 것이 보이기 시작하면서 '나'뿐만이 아니라 자신과 닮아 있는 이들에 대한 발견이 이어진다. 이를 잘 보여주는 작품 「밤의 벤치」는 밤이 가진 시간성뿐 아니라 공간적인 특징 또한 두드러지는 소설이다. 이 소설에서 중심이 되는 장소는 제목이 그러하듯 벤치다. 오랫동안 아파트 단지를 지켜온 큰 전나무가 있는 "놀이터 옆의 등나무 벤치"(40쪽)는 경진과 101동 여자에게 육아로 지친 하루에 유일한 숨통이 되어주는 자리다. 특별히 대화를 나누거나 하지는 않지만 각자의 자리에 나란히 앉아 경진은 아이스크림을 먹고, 101동 여자는 캔 맥주를 마시는 것으로 집에서는 누릴 수 없었던 나름의 휴식을 취하는 의미 있는 장소.

한편 낮의 벤치는 은솔의 한글 선생님에게 다음 수업을 가기 전 잠시 숨을 돌릴 유용한 장소다. 그리고 낮의 벤치에 앉은 선생님의 모습은 결혼 전 학습지 교사 일을 했던 경진의 지난 시간을 떠오르게 만든다. 이제는 방문을 받는 학부모가 되었음에도 경진에게는 불쑥 치밀어오르는 "오래전의 마음"(49쪽)이 있다. 이는 "자신은 떠도는 사람이고 영원히 어떤 곳에 속하지 못하리라는 느낌"에서 비롯되는, "자신은 안정적인 세계에 속해 있지 않고 바쁘게 걸으며 어딘가에 도달하려 애쓴다는 기분"(같은 쪽)에 따라붙는 불안이다. 십오 년이나 지난 일인데 왜 아직도 그런 불안이 자신을 옥죄어오는 것인지 경진은 알 수 없다. 다만 그것은 몸에 새겨진 기억이다. "수업을 하러 학생들의 집으로 이동하면서 경진은 평일 낮에 거리를 걷는 사람들이 다 자유로운 건 아니라는 사실을 알게 되었"으며 "세상에는 많은 직업과 다양한 형태의 노동이 있었고 이름만 들었을 때는 짐작하기 어려운 고충이 존재"(51쪽)한다는 사실을 깨달았다. 학습지 교사도 마찬가지였다. '선생님'이라는 호칭으로 불리지만 "집까지 학습지를 배달하는 사람이었고 영업을 못해서 수업이 줄어들면 눈치가 보이고 월급이 줄"(60쪽)어들기도 했다. "보람과 모욕이 하나의 그릇 안에서 녹아내렸"(같은 쪽)

던 그때, 경진에게도 은솔의 한글 선생님처럼 잠깐 숨을 돌리던 장소가 있었다. "편의점의 파라솔과 분식점의 창가 자리"(64쪽). 고마운 장소였지만 다시 떠올리자면 아픈 마음을 숨길 수 없었고, 그곳들이 갑작스레 사라져버리고 말았을 때의 공허함은 전부 설명하기도 어려웠다.

자신에게는 아주 잠시간의 휴식도 허락되지 않은 것 같아 망연해지던 그 시절, 경진은 자신의 소중한 장소가 왜 사라졌는지 묻지 못했다. 그러나 지금, 주차 문제 때문에 오랫동안 아파트 단지에 존재해왔던 벤치가 사라질 상황에 처했다는 걸 알게 된 경진은 그 이유를 납득하기 어렵다. 그렇기에 오랜만의 밤 산책에서 소중한 휴식의 공간이었던 그 벤치 대신 "원래 주차장이었던 것처럼 자연스럽게 자동차 세 대가 주차되어"(63쪽) 있는 걸 발견한 그때의 상실감은 절제된 문장 속에서 더욱 증폭된다. 경진이 밤의 벤치에 두고 온 "자신의 일부"(64쪽)는 101동 여자와 은솔의 한글 선생님을 투과해 조우한 과거의 '나'일 것이다. 정신없이 육아를 하던 가까운 과거의 '나', 늘 긴장 상태로 바쁘게 걸음을 옮기던 십오 년 전의 '나'. 사라진 벤치처럼 그것을 다시 찾을 수도, 누군가에게 보여줄 수도 없겠지만, 곁에 앉아 무언가를 나누어 먹고 싶은 자신이 거기에 있었다는 것, 그리고 비슷한 얼굴을 한 누군가가 정말로 함께 있었다는 것을 경진은 잊지 않을 것이다.

「밤의 벤치」가 자신이 지나온 한 시절을 기억하는 소설이라면 비로소 어떤 한 시절에 대한 맺음이 일어나는 순간을 포착하는 소설도 있다. 「토요일 아침의 로건」 「밤이 영원할 것처럼」이 그렇다. 「토요일 아침의 로건」의 얼개는 간명하다. 미국 지사 발령을 희망하며 사 년 동안 토요일 오전이면 영어 과외를 받아온 로건이 갑작스러운 뇌종양 판정을 받게 되어, 이후 한 달간 영어 선생님 젤다와의 이별을 준비하며 자신에게 닥친 예상치 못한 불행을 담담하게 받아들이는 이야기이다. 젤다에게 마지막 인사를 건네며 로건은 비로소 "자신에게 무슨 일이 일어났고 자신이 무엇을 선택했는지"(34쪽) 깨닫는다. "토요일에 로건으로 지내지 않기로"(33쪽) 한 그의 결정은 단지 영어 과외를 그만두었다는 사실만을 의미하는 것은 아닐 테다. 로건이지 않기를 선택했다는 건 로건으로 살 미래를 그리며 부단히 노력했던 과거의 자신을 향해, 머지않았던 로건으로서의 삶에 대해 안녕을 고한 것이기도 하다. 그는 반복되던 토요일 오전의 일상을 정리함으로써 자신을 둘러싼 많은 것들을 정리하기 위한 힘겨운 한 걸음을 떼었다. 매주 크게 달라지지 않는 풍경과 젤다의 사소한 습관 같은 것들을 더는 볼 수 없다는 사실은 일곱 개로 나누어진 서로 다른 요일의 로건 중에서 아주 중요한 한 토막을 떼어내버린 것같이 느껴진다.

이제 그는 얼마나 많은 자신을 도려내야 할 것인가. 아니, 그에게 남은 자신은 얼마나 될 것인가. 불투명한 미래의 얼굴이 오전의 풍경 속에 지나가고 있다.

「밤이 영원할 것처럼」의 동희는 어떤가. 앞의 소설에서 로건이 질병으로 인해 자신의 삶에 관련한 선택과 결정을 할 수밖에 없었던 것처럼, 동희 역시 느닷없이 닥쳐온 삶의 변화를 예비해야 하는 상황에 놓인다. 제안의 형태이지만 따를 수밖에 없는 상사의 지시에 의해 자신의 위치에서 한발 내려서야 할 순간을 맞는 것이다. 곧 이어질 불행을 암시라도 하듯 벌어진 발목 부상은 동희의 자존심과 마찬가지였던 구두에서 내려오게 만들었다. 불안한 예감은 좀처럼 어긋나질 않아서, 집무실을 고객상담팀에 내어줘야겠다는 회사 대표의 말에 그는 자신의 공간을 천천히 정리해나간다. 좌천 아닌 좌천과 다름없는 자리 이동은 자연스럽게 대표가 "본부장인 동희를 끌어내리려는 게 아니냐는"(209쪽) 소문을 동반한다. 어쩌면 정말로 그런 것일 수도 있다. 하지만 소설은 동희가 이 일에 분개하거나 슬퍼하는 등의 세밀한 감정을 전하는 대신 그저 발목을 치료하는 과정을 보여준다. 통증이 가해지지 않고, 아무 느낌도 없이 진행되는 물리치료는 묘하게 안심이 되고, 심장보다 발을 높이 두라는 의사의 조언은 오랜만에 동희가 스스로에게 필요한 무언가를 선물하게 한다. 생활의 흔적이라고는 찾아볼 수 없던 집에 "심장보다 높이"(219쪽) 발을 올리고 편히 쉴 수 있도록 무중력 모드가 가능한 모션 베드를 주문하는 것으로 말이다. 이 치유의 시간은 그간 가는 구두 굽 하나에 의지하며 버텨오던 동희가 그 위에서는 내려오게 되었으나 다음의 도약을 위해 잠시 발을 쉬게 하는 휴식의 시간으로 이해할 수 있다. 동희가 건너야 할 그 밤은 조금 쓸쓸하고, 영원할 것처럼 길게 느껴질지도 모르지만, 누구에게나 필요한 자기만의 밤일 것이다.

'다른 미래'를 맞기 위한 준비 자세

영원할 것만 같은 밤에 인물들을 남겨두고 오듯 서유미의 소설은 쉽게 낙관을 쥐여주지 않는다. "삶이 자신의 것이지만 자신 밖에 있다"(「지나가는 사람」, 113쪽)는 말처럼 누구도 자기 자신의 삶에 대해서조차 알 수 없으며 그 무엇도 확신할 수 없으므로, 소설 역시 낙관을 말하는 데 주저할 수밖에 없을 테다. 그런데 「다른 미래」는 조금 다르다. 딸 희영이 대학생이 되던 해 여름에 남편과 사별한 진은 앞으로의 삶을 위해 지금까지와 "다른 생활, 다른 미래"(139쪽)에 대한 굳은 의지를 다졌다. 남편 없이 홀로 대비해야 하는 건 "대학 등록금과 생활비""희영의 결혼과 자신의 노후를 위한 자금"(같은 쪽) 등 구체적인 숫자로 존재하는 것들이다. 생활의 과제를 하나둘 해결하면서 진과 희영은 점차 서로를 이해할 수 없는 사이가 되어간다. 진이 희영의 여름휴가에 동행한 지금도 마찬가지다. 비 오는 바다에서 물놀이를 하는 무용함, "생활 속에서 드러나는 희영의 무질서와 무계획과 대책 없음"(151쪽)에 대해 진은 의문을 품는다. 하지만 이 물음들이 정말로 희영으로부터 시작된 것일까? 진의 물음들은 스스로에게서 피어난 것이기도 하다. "일흔 살이 되어가고 인생에 남은 시간이 그리 많지 않다는 걸 아는데도 여전히 빨래 생각에 매여 있"는 "그런 자신이 좀 답답하기도"(152쪽) 하니 말이다. "다른 생활, 다른 미래"에 대한 책임과 강박은 진을 조금의 빈틈도 허락할 수 없는 사람으로 만들었다. 진의 강박에 가까운 통제는 희영에게, 이제는 자기 자신에게조차 답답한 삶의 방식으로 다가온다. 그런 진을 무장해제시킨 건 우연히 마주하게 된 파도다. 바닷물에 들어가 몸을 적시기를 한사코 거부하던 진은 "휘청거리다 균형을 잃은 채 옆으로 넘어"지면서도 "묘한 해방감"(155쪽)을 느끼며 계속해서 새로운 파도를 온몸으로 맞는다. 그리고 "젖은 옷으로 어떻게 호텔로 돌아갈지에 대해서는 생각하지 않기로" 한 채 "자신도 모르게 더 큰 파도 쪽으로 몸을 움직"(157쪽)이는 소설의 마지막 장면에서 그는 이제까지와는

또다른 미래를 맞이할 준비를 마친다. 서유미는 '다른 미래'를 눈앞에 보여주는 법이 없다. 다만, 스스로 다른 미래를 마주할 수 있도록 온몸을 이완시키고 새로운 자신을 경험할 수 있도록 돕는다. 이것이 서유미가 보여주는 희망이며 낙관이다.

서유미의 소설에는 여전히 기다리며 견디는 사람들이 있다. 그들의 기다림이 언제 끝날지는 모르겠다. 다만 기다리면서 기다리지 않은 채 지내기를 바라고, 그들이 보내는 밤이 너무 길거나 어둡지 않기를 소망한다. 소설을 읽고 그에 대해 이야기하는 것만으로 작품에 연루되었다고 할 수 있다면, 우리는 이 자리에서부터 그들의 기다림을 같이하게 되었다. 그러나 우리가 기다림에 연루되었다는 사실은 밤이 지나고 맞이할 어떤 빛을 함께 바라고 있다는 뜻이기도 하므로, 어쩌면 조금 다른 밤을 보낼 수도 있을 거라는 믿음을 품어본다. 다시 한번, 기다림에 능한 블랑쇼는 이런 말을 하기도 했다. "우리가 함께 기다린다면 모든 것이 변할 겁니다."(『기다림 망각』, 51쪽) 서유미의 소설을 읽는 내내 이 문장을 떠올렸고, 그래서 유독 긴 밤을 보내는 것이 힘들지 않았다.

작가의 말

소설집에 실릴 원고들을 퇴고하는 동안 가장 많이 생각한
건 '처음의 마음'이었다.

첫 책을 내는 것만 같은 마음과 이 책으로부터 다시 시작하
고 싶다는 마음을 테이블 위에 올려둔 뒤 오래 들여다보았다.

교정지를 받고 표지에 대한 의견을 나누는 동안 최은영 작
가의 추천사가 도착했다. 퇴고하다가 지칠 때마다 그 다정하
고 사려 깊은 문장들에 많이 기댔다. 추천사에 부끄럽지 않은
소설을 쓰고 싶다는 마음으로 이 책을 묶을 수 있었다. 고맙다
는 인사를 전한다.

책을 낼 때면 언제나 편집자와 짧은 연애를 하는 것 같은 기

분이 드는데, 초록의 봄과 불타는 여름을 지나는 동안 정은진 편집자와 롱디 커플처럼 메일과 메시지로 안부와 진행 상황을 주고받았다. 작은 엽서에 적어준 '최선을 다할게요'라는 문장이 묵직하게 남았다. 책은 언제나 그런 마음들로 만들어진다. 모두의 열심, 모두의 최선. 교정지가 새로 나올 때마다 함께 읽으며 길을 내주신 두 편집자님들께도 감사 인사를 드린다.

해설의 제목을 확인한 뒤 아, 하고 감탄했다. 깊이 있게 읽어주시고 섬세하게 살펴주신 소유정 평론가님께도 감사를 전한다.

등단 후 지금까지 나를 읽고 쓰게 해준 한겨레교육의 문우들, 새로운 친구들이 된 세종사이버대학의 학우님들에게도 애정을 보낸다. 그리고 금요일의 빛인 해시칼리지의 두 선배님들과 해시민분들께도 감사의 마음을 전한다.

나의 옆사람 강태식님과 친구 같은 아들 서원, 양가 부모님과 동생들에게는 말로 다 할 수 없는 사랑을 드린다. 살면서 천천히, 마음 다해 갚아나가고 싶다.

지치고 막막할 때마다 눈을 감고 기도했다.
하나님. 지혜를 주세요. 잘 쓰고 싶어요.

더디게 주심에 감사드린다.

나는 여기서부터 다시 쓸 수 있을 것 같다.

2024년 늦여름

서유미

| 수록 작품 발표 지면 |

토요일 아침의 로건 ······ 문장 웹진 2023년 2월호

밤의 벤치 ······ 『귀하의 노고에 감사드립니다』(문학동네, 2023)

그것으로 충분한 밤 ······ 『문학수첩』 2023년 하반기호

지나가는 사람 ······ 『현대문학』 2022년 7월호

다른 미래 ······ 『저는 MBTI 잘 몰라서…』(읻다, 2023)

기다리는 동안 ······ 『실천문학』 2023년 봄호

밤이 영원할 것처럼 ······ 『문학동네』 2024년 봄호

문학동네 소설집
밤이 영원할 것처럼
ⓒ서유미 2024

1판 1쇄 2024년 8월 30일
1판 2쇄 2024년 9월 27일

지은이 서유미
책임편집 정은진 | 편집 홍유진 임고운
디자인 이현정 유현아 | 저작권 박지영 형소진 최은진 오서영
마케팅 정민호 서지화 한민아 이민경 왕지경 정경주 김수인 김혜원 김하연 김예진
브랜딩 함유지 함근아 박민재 김희숙 이송이 박다솔 조다현 정승민 배진성
제작 강신은 김동욱 이순호 | 제작처 천광인쇄사

펴낸곳 (주)문학동네 | 펴낸이 김소영
출판등록 1993년 10월 22일 제2003-000045호
주소 10881 경기도 파주시 회동길 210
전자우편 editor@munhak.com | 대표전화 031)955-8888 | 팩스 031)955-8855
문의전화 031)955-2696(마케팅) 031)955-1906(편집)
문학동네카페 http://cafe.naver.com/mhdn
인스타그램 @munhakdongne | 트위터 @munhakdongne
북클럽문학동네 http://bookclubmunhak.com

ISBN 978-89-546-3625-4 03810

잘못된 책은 구입하신 서점에서 교환해드립니다.
기타 교환 문의 031)955-2661, 3580

www.munhak.com